ちいさくほえ
根もとを前脚でほりさげる
わたしの眼に
やにのような泪がうかんでいる
埋められたものたちが
弓張り月の宵によんでいる

現代詩文庫 247

思潮社

# 斎藤恵子詩集・目次

詩集〈樹間〉から

詩集〈夜を叩く人〉から

詩人論・作品論



装幀・菊地信義

# 詩篇

詩集〈樹間〉から

## 仲間

いつのまにか
ひとの中に入っている
いつだって独りで
鍵盤を叩くようにヒールを鳴らし
額が禿げそうなほど髪を引きくくり
息を詰め
あられを払いのけるような急ぎ足で
歩いていたつもりなのに
　わたしたち仲間じゃないの
なんて言われるなんて

たのしい仲間
やさしい仲間
ともだち

しまい湯の馴染んだ温もりだ
指紋が消えてとろけてしまいそうだ
寒さだとか傷だとか涙だとかが
もわっとした湯気で見えなくなりそうだ

仲間もともだちも
癒されるということばも
わたしを怖れさせる
痺れ動けなくなりそうだ
それなのに
怖くて近寄れないのに
生温かさが恋しくて
意気地のない捨て犬のように
潤んだ目をして求めている

　仲間なんていじわるなことばだ
釘のように喉を刺しながら呑み込んでいる

# 春きゃべつ

どこへも行けないから
とどまって
微笑んでいる
上を向いて目を開ける
空から降ってくる
金色の輪を一つ一つ
受け止めるために

守るべきものも
抱くべきものも
何もないのに
ふくらんでいる
欺瞞ではないかと
空で笛が鳴っている
耳を澄ませていると
風の冷たさに
縮かんでしまう

それでも
明るい日には
温まった葉脈を
望みのように上へとのばし
体中をウェーヴさせながら
淡紅色のやわらかな鼓動を
幾重にも包みこんでいく

ふくらみもせず
黙ってじっと
雨に打たれ
水滴をためていると
芯から
腐っていきそうなのだ

# 雨

黄色い目を閉じこめ
粘膜をひろげ
かたちを溶かしている

古びた水は
流れることで清めている
無音を好みながら
打ちつけられると
しゃおしゃお
泣くような音をたてる

　泣いてなどいない
窓辺で独りごとをいう
ソファは
怠惰に
選びもせず受け入れる
時計はくねくね

やわらかく薄くなって
壁に垂れ下がる

細く赤い階段を
かたんかたん降りながら
曲がり角をいくつか過ぎると
軽いさらさらの粒になる

空はびくびくする胸で
撫でていく
細い木が伸び
朽ちていく川が流れる

古い膜が剝がれる
骨が明るい軋みをたてる

# 排水管

台所の排水管をのぞく
黒い菊座の下には金属の円筒
細いひだを持つ蛇腹のホース
ホースの下は床下につながり
水は屋外に排出される
外したホースをのぞく
黒く光る水が小さく見える

土中の配管だ
隣家につながっている
赤ん坊の泣く裏の家とも
夜中に帰るバイト学生のアパートとも
琴を奏でる老婦人のいるお屋敷とも
道をへだてた保育園ともつながる

私は皿を洗い水を流す
しゃわしゃわ音をたて落ちていく

蛇腹はとくとく呑みこみ
屋外に排出し
落下の水面は一瞬黒い王冠になる
それから方々へつながっていく

深夜
かっかっかっと
管全体が大きな音をたてる
黒い水が集まっている
月の出る晩だ
光に吸い付こうと
蛭のように震えて土中をうねる

それから
とろりとろり流れていく
曲折し
また分かれながらいく
庭の陽射しを横切り
建築物の地下を抜け

国道をくぐり
だんだん色薄くなりながら
やがてみな
大きな海の方へといく

## 熊

教室の天井から白い垂幕が下がり
スクリーンになっている
熊の映画が始まるという
私は友だちと木の椅子に座る
教室にはすでに多くの人が座っている
映画の前に熊の脚が配られる
太く黒い毛がみっしり生えている
たわしのような剛毛に見えるが
触ると意外に弾力があり熱をもっている
　みなさん毛を剃いでみましょう
先生らしい女性が前で言っている

牛蒡のように刃物を当てなければならない
力に余るかと思ったが意外に簡単にむける
毛の下は墨色の皮だ
　皮の下を食べてみましょう
言われるままに皮の下をこそげる
やわらかい牛乳色をしている
匂いもしないしべとつきもしない
こくがある
くせがなく剛毛の下は無垢な味だ
飽きて放り出している人もいる
　覚えておかないと忘れてしまいますよ
声が耳に残る
スクリーンでは森の様子が映し出されている
教室を出る
終わったからと帰る人もいる
私は実験室へ行く
熊の足裏がある
履いてみる
底は小石をはめ込んだように固い

でこぼこしている
険しい道を行くための固さだ
履いてみると足裏が刺激される
そのまま前に歩いてみる
脚が太くなっていく
だんだん
みっしりと毛が生えてくる
外へ行く
森の方へ行くようだ

## カナリア

独り暮らしのおばあさんは
二羽のカナリアを飼っていました
あざやかな黄色をして高い声で
喉をふるわせながらよくさえずりました

つがいでいた一羽が亡くなり
残りの一羽だけになりました
窓辺で緑の山に向かい
りろりろ小さな声でないています

おばあさんは
ある晴れた朝
鳥かごを開けました
　ひとりでさびしいだろうに
　里の山へ帰るんだよ
カナリアは窓辺で
ククウとないて
青い空へと飛んでいきました

おばあさんのところに
孫の女の子がおかあさんに連れられ
訪ねてきました
　一羽もいないよ
空の鳥かごを見てたずねました
おばあさんは逃がしたことを話しました

おかあさんはそばで黙って聞いていました

帰り道
おかあさんは独り言のように言いました
　どこへも飛んでいけないのよ
　かごから出たら生きられないのよ

晩ご飯がすんで女の子は
暗い夜空を見上げていました
遠く夜汽車が走る音が聴こえます
カナリアは
睫毛の濃い少年の肩に止まり
りろりろないていると思いました

## 日暮れ

赤銅の月は薄墨を流し
子どもたちは
うさぎになって家路に飛び
諍いの犬たちは尾を垂れ
くおんくおんと
地底に呼びかける

暮れなずむ稜線は
柔らかく私に迫ってくる
山影の死者たちは
ひそやかに姿を現わし
ぬるい息をほおっとかけて
黒い木立に消えてゆく

赤い血の帯の地平線は
私の体内に横たわり
粗い熱を持ちながら広がる

旅人であったことを忘れていた私
噴き上げる悔恨と
せつなげに鳴くカラスの濁音に追われ

衝動が身を貫く
光さす地の果てへ墜ちてゆき
波打つ原初の海に身を浸したい

暗闇にひそむ眼差しは
私の背中をじいっと見つめ
口をゆがめ
静かに嗤いつづける

## 海浜にて

海辺の古いホテルで
夜明け前
突然激しくきしむ音がした
窓辺の洗面台の配管がふるえている
管全体をぶるんぶるん揺らしている

誰か流している
暗い部屋で海を見ながら
鎮められない水を
細い円筒に落としこんでいる

さっき私は
亡くなったひとの夢をみた
近寄ろうとしたが
遠くから見ることしかできなかった
少し微笑んでくれた気がした

カーテンからのぞくと
海は暗い空にとけこみ
ゆるゆると息をしていた
弾けるように飛沫をあげていたのに
穏やかになっていた

遠くにあった小島が
眼下にある

ねむっている間に近づいたのだろう
少し平らになったようだ

耳のかたちをした貝が
灰白い舌で砂をなでている
とおいひとを呼ぶ声が
風になって波を生んでいる

## 秋風

白刃を下げ
ぬるりと
背後から
脇のあたりにしのびよる

ゆるい衣に
ふところ手をし
ひたひたと素足で

気ままに近づき
ふいに
息をひそめる

金色の十文字に
ぎらつく目は
見据えたまま

いきなり
すっと
ひとすじ切る
しみとおる冷たさが
さっと走りぬけ
何ごともなかったように

野道の彼岸花は
ひと群れ
ふた群れ
魂をいただいて咲く

ちいさな玉の露を
ひとつふたつ
散らして

薄明かり
赤く光る目をした
まむしが宙を飛ぶ
孕んでいる

霜夜

風の音が零下に低く流れる
ひとは足をそろえ黙ってねむる
子どもたちは指を軽くにぎり
まるくなってねむる

空気中をふわふわしていた
ちいさな精霊たちは
黒い土の上に
水になって降りようとする
寸前
凍り結晶になる

ほかの精霊たちも
水になって降りようとする
と
凍る
結晶は
三角形五角形七角形と
ぺきぺきと音をたて
透明な幾何学を展開していく

夜明け前
素数が累々と掛かり
家も土も草木も覆う
伸びるものちいさなもの枯れるもの
みな冷たくきらきらと輝かせ

凝固させる
日がのぼるまで
いのちを閉じこめる

亡くなったひとたちは
しんとした野山で
白い魂をゆらゆらさせている
ときに沼のあたりに凝っている

## 仲秋

壁にもたれて
ぼんやり窓から外を見る
一面まばゆい稲穂

遠いあぜ道から
ご詠歌がゆっくり近づいている
お鈴《りん》のたび

ゆれる穂むら

穂むらの下の
土のひだの間から
ひと波に似た
ざわめき
風の音になって過ぎてゆき
造成地の
トラクターがかき消す

ほろびたものは
陽光の向こうにいる
亡くなったひとたちは
明るい闇にくるまれ
青空には
白雲の帯

コスモスが端に咲いている
うら表のない細い葉と

透る花びらが
ほろほろとそよぎ
銘仙の着物の
女案山子がかしいでいる

空から
いくつも
なつめ形のちいさな目がふっている
まばたきしない真っ黒なひとみ
稲穂に時折
点々と影を落とし
私の背にもひとつ

やつで

城の石段わきにある
やつで
葉柄を曲げれば
幼児の関節を折る音を出し
水気も出さず手折られる
つやのある暗緑色の葉は
するどく切り込まれ
分裂している

繁みの下には
ひえびえとした薄闇
空気は動かない
道を間違えた
小鳥
あぶ
かえる
乾いた亡骸が転がっている

近くに
自刃した
女と幼い長子の碑
うちわのような丸い石に

私は手を合わせた

カラスが夜を咥えて
石垣の上で鳴くころ
堀のにごり水は
淵へとゆく
やつでの陰は
長い黒髪がとぐろを巻くように
地にゆれ
風に
ゆびを
ぽきぽき鳴らす音をたてはじめる

陰はゆるやかに大きくなる
私は亡くなった子を抱くように
頬に冷たい葉をあてている

## ふゆの野菜

夜の台所で
野菜たちはみな
横になってねむっている
白菜は葉先をちぢらせ
ねむりながら微笑んでいる
ねむりの中で少しずつ太っていく
大根は身じろぎもしない
冷たい呼気を吐き目を閉じている
人参はねむっていても動いている
目を覚ますと
身軽にほかの野菜の隙間にもぐったり
歌をうたったり
はしゃいだりしている
じゃがいもは堅実だ
昼間は起き夜はねむる
ちいさな希望の芽を大切にしている
葱は不眠症だ

ねたふりをして時々目を開ける
きゃべつは秘密を巻いているので
身を固くして座ったままねむる
ふゆは野菜たちのねむる季節だ
台所で畑でねむる
雪がふると
いっそうねむりは深くなる
せせらぎや星空の夢を見る
夢が野菜たちを甘くする
夜明け前のいちばん寒い時
野菜たちは
冷たい空気をしずかに吸いこむ
うつらうつらしながら
ゆっくりと
ちからを蓄えてる

## 烏賊

暗い海底で
放恣に伸ばした裸身は
子を産むと死ぬ
摂理に従い出奔し
たどりついたのは
捕獲の籠
衆人にさらされた
甲板の上
寝そべりながら
しるしるしるしる滑走する
褐斑の体
ぎろりと光る濁った目
諦観と憎悪のまぶたを半眼に下ろす
瞬間
黒い言語を吐く
美身をひらめかせた海底の安逸
欺かれた白亜紀の記憶

ぬらぬらと墨書する
きゃしゃな足をくねらせ
ぴたぴたと冷たいキスをし
烏口の歯を秘めて
人はその昔烏賊であったと
ばしゅばしゅと語る
純白の甲殻を形見とし
清らかに供される
烏賊
その誇り高い柔軟性が
品位を失った
万人に愛されるのだ

## レバー

冷たくて赤黒い固まりは
まな板の上でふるえている
ふるえながらだらりと横に広がる
肝は座るというがおくびょうなのだ
おくびょうだから生臭い
つやつやと光りぬめぬめと
体温を欲しがるように吸い付く
砥いだ刃先を入れると
やわらかなのに鋭角に切れる
ちみつな組織だからだ
堅いものほど脆く
形を失うと崩れやすい
流水で洗い血抜きをする
血が多いと澱んだ味になる
ゆでこぼすと最早
怪しくぬらぬらとした光はない
なまは少しの熱で変化する
鍋に調味料と生姜を入れる
小さな辛みが
臭みは実はうまみだと教えてくれる
ねっとりとした食感が舌先にまとわりつく
それでも量多く食べ続けることはできない

うまみは臭みに変化しやすい
個性あるものは鼻についてしまう
レバーは沈黙が似つかわしい
じっと息をひそめて
舌先に運ばれるのを待っている

## 佐渡

海岸線を走る
暗くうねる海の向こうは佐渡
沈んでいく太陽を追いかけて走る

消えていく海の上のかすかな赤み
　待って待って
追いつくことなどできない
いたずらに走るだけだ
向こうの佐渡は
大陸のように大きくなって横たわる

夜の匂いのする風が吹いている
佐渡は暗い夜
ひそかに本土に近づいている
石炭色の波の下で動いている
逢瀬のために
望みを叶えるために
じわりじわり陸に寄る

風を溶かし込んだ海のうねりが
私の胸底に流れる
不意に佐渡が近づいてくる
　行かなければ……
漆黒の中うごめくものが私の背にいる

## 春の夕暮れ

庭の桃の木に

乳首のようなつぼみが
ふくらんでいる
ぼくは母に話しかけた
　そろそろほころびはじめました
座敷でお雛様を飾っていた母は
　こちらにいらっしゃい
と人形を指した
白い大きな頭の男の子が
紅い口を開いて笑っている
丈の短い着物を着て
右手に犬を横抱きにかかえている
猫ほどの大きさの犬は
白く長い毛をふくらませ
黒く光る目をして見ている
　犬持ち童子よ
母はぼくを見て笑った
犬はわずかに太い尾を動かせた
童子のつるつるの額に
うっすらと汗がにじみ
耳朶が紅くなっている
微熱が部屋にたちこめ
金色の夕日が座敷に流れ
母は端座したまま
人形を抱きしめていた

十三夜

りりかりりかりりか
夜が鳴いている
羽を震わせ
らせんを描いている
しじまを運んでいる

十三夜
後の月はいびつだ
子どもの描いたまる
煮くずれた豆

淡いひかり

台所で
小さな月のかたちの栗をむく
時折
壁に頭を直角にして
泣きたくなる

りりかりりかりりか
私はゆがんだ月を
浅い水鉢に入れ
ゆらして遊んでいる

ガステーブル

夜更け
眠られなくて何か飲もうと
キッチンに行った

子どもの頃台所は暗かった
手元だけ灯した台所の
コンクリートの流しで
母は米を研ぎ
羽釜で炊いていた
鋳物の重いコンロの火は
ときどき
激しい勢いになり
釜を焦がすまでに燃えた
寒く湿った日は
なかなか点かなかった
大きな火ちいさな火
ばらつき乱れ
憤怒のような荒い息をたてた
荒れた手を額に
母は黙って火を見ていた
私は黙って母を見ていた

今明るい蛍光灯に
ガステーブルは照らされている
火は整ったつぶらな青い目をし
まっすぐ立つ
私が力なく鍋をかきまわしていたときも
すっと清く立っていた
それでも時に
あざ笑うように
赤い大きな舌を出し舐め焦がした
赤ん坊のミルクをあたため
卵を炒り魚をあぶり
肉を焼いてきた
台は脂がしみ
黒いなめし皮のように光ってきた

湯を沸かそうとスイッチを押した
ぱあっと王冠のように点いた
私は黙って火を見ていた
そばで
知らない子どもが青い目をし
黙って私を見ていた

## 聴くこと

花が終わり
やわらかな葉がゆれている
五月の光の中で
のびをする
手にふれる桜の葉をちぎる

楕円のこまかなぎざぎざは
私を刻むのこぎりの小さな刃
ふるえている胸の動悸
皿洗いや片づけや会社の仕事
気の遠くなる繰り返し
嚙み合わせるもののない歯車

葉脈は意思
一枚一枚
細いところ太いところ
感情線がすみずみまでわたっている
花のざわめきのあと
寡黙に
色を濃くし伸びようとしている
　もっともっと成長したい

葉の声が
水のように
なめらかに
こくこくこくと流れる
誰もいない昼下がり
私はだんだん淡くなっていく
ひとと私と
物とこころと
隔てのない広がりが深くなっていく

止まっている
浮かんでいる
上っている
こころのうごきが
しずかに聴こえてくる
澄んで透明になってくる
光のせせらぎ
聴くことを少しずつ学んで
私はやわらかくなっていく

## 向春

ゆうべは雪がふったようだ
目覚めると
背中が鉄のように冷えている

土の中はもっと冷たかろう
秋に亡くなったひとを思った

たましいは
うす青い空に
漂っているかもしれない

日なた日陰
日なた日陰
路地を抜け
うら山の見える
小川のほとりに行った

葉のない柿の木は
黒いゆびのような枝を広げていた
幹のあたりで
さ緑の小鳥がさまよっていた
淡雪の残る枝にとまり
くびをくいと曲げ
ふるふる身を
ふるわせていた

丸いつぶらな目を私に
あわせ
正面を向いた
ちいさな雪だるまのように
ふくらみ
肉のない足ゆびをひろげた

凝視し
かしげていた
くびを
前にさっと下げた
それから
こよりのような脚を揃え
かすむ空へ
飛んでいった

山が
静かに
大きくなった

# いちじく

行きどまりの川のほとりに
いちじくの木が一本
ひとの頭ほどの葉を茂らせて
暗がりを作っている

赤茶色の実は
赤ん坊の首のような
細い葉柄につながっている
首をくいくいとひねると
ぽたぽたと乳色のねばい汁
しずくになってしたたり落ち
手指にからみつく

やわらかく
たわたわしながら
肉汁のように重い
ちいさな無数の花を
つぶつぶと
内に持っている
傷のような赤さ
地に落ちても
少しゆがむが崩れない
ひからびると
ちいさく黒くなるが
かたちを残している

よどんだ水を
ずわずわと
黄緑色の長い幹が吸いこみ
乳に変えてゆく
茂る葉でぬるい陰をつくり
ひそかに
太る

いちじくの木の下に
おかっぱの女の子が

短い服を着て立っている
丸いおへそを出し
行きどまりの川に
ふっふっふっと
細い首をひねって笑っている

## 秘密基地

きみちゃんの家で紅茶をよばれた
金の輪が浮く紅茶は
青光りのするお碗に入れられていた
　お碗はこっそり借りてきたのよ
　これから返しにいこう
きみちゃんはお碗を洗い自転車の籠に入れた
　お花がいつも飾られている秘密の場所よ
静かな木立の中に
秘密の場所があった

百合や桔梗が花入れに生けられ
清い薫りが漂っていた
いくつも石塔が立ち
小さな石段があるのもあった
たんぽぽが隅に咲いていた
ござを敷いて
日がかげるまで
歌をうたったり
ままごとをしたりした
　ここは秘密基地よ
　誰にも言ったらいけないのよ
きみちゃんと指切りして帰った
夕暮れの風はひんやりしていた

それから何日か経ち
きみちゃんが
はやり風邪で高い熱を出し
三日間意識不明のまま
亡くなったということを聞いた

きみちゃんのお墓は
秘密基地の中にあった
まるいおつむのような形をしていた
わたしは紅茶を作って持っていき
そろそろとおつむにかけた
くううっと音がして
きみちゃんは飲み
さざ波のようにわらった

日がかげるまで
ふたりで歌をうたったり
空を見上げたりした
　誰にも言ったらいけないのよ
きみちゃんと指切りして帰った

## 花あそび

窓辺で桜の木を
見上げる病気の少女
こぼれてきた花びらを
小さな指先に
一枚一枚のせます

花びらのりんかくと
爪の弧が重なり
冷たい貝の白い色が
淡い珊瑚色になります
小さな咳をするたび
湿って微かにふるえます

窓の向こうの山なみ遠く
金を溶かしこんだ空が
ゆっくり動き
水銀色の目をした

微熱の少女
柔らかい器官のように
一枚一枚
布団の上に並べます

なおる
なおらない
なおる
なおらない
なおる
………

## 飛ぶ木

くすのきの大木が空を飛んでいる
太い幹には広がる枝も
茂る葉むらもあり
後尾の根は花火のように開いている

先の方に孔雀に似た大鳥がいる
よくみれば
木立の先の方は大鳥になっている
枝のように
光る色とりどりの羽をひろげている
木の下方には
カラスや鳩やすずめがいる
いつも通りえさをついばんで鳴いている
飛んでいる木にいることを
知らないようだ
わたしはほかのひとたちと飛ぶ木を見上げている
木は黒繻子の海を超え
光の方向へいくのだろう
わたしたちもいつか木に乗る
部屋へ戻り荷物の整理をする
息を切らせながら入ってくるひともいる
体育館のような広い板張りの部屋は
ひとびとでいっぱいだ
赤ん坊がいて私ににっこり笑いかける

まだ座ることもできなくて
ねたまま短い足をばたつかせている
絵を描いている子どもたち
熱いコーヒーを飲んでいるひと
おしゃべりに夢中なひともいる
温室のように温かい部屋だ
大きな照明ですみずみまで明るい
窓の外は寒く清らかな風が吹いている
ふいにわたしは
すでに飛ぶ木に乗っているのだと思う

## 樹間

へびの皮に似た模様の果実を剝いて食べました
実は白く水気をたっぷり含んでいました
生臭い匂いがかすかにしました
あたりは樹木がしげり
空は枝の向こうに少し見えるだけでした

舌先にくにゅくにゅした食感が残っています
空腹感もないのに食べてしまったことを悔いました
胸の中が黒くなったような気がしました
そばにいた子どもが
わたしの様子を見て食べました
子どもは気に入った味のようでした
しばらく木々の中を歩きました
どこへ行くのか分かりません
小径はゆれています
木蓮の大木がありました
純白の花びらはすでに散り
淡い緑のがくの上に
細い淡黄色のおしべが
ちいさな神様のように
高い空にまっすぐ立っていました
突然子どもが木立の遠くへ向かい叫びました
風のざわめきのように鳥が飛び立ちました
雲がちぎれて弱い光が差しこみました
やがて森閑としました

遠くから木霊がかえってきました
わたしも叫ぼうとしました
喉につかえるものがあるのか声が出ません
穴を掘りました
濡れた黒い土が出てきました
底に光る水のようなものが見えます
穴に向かい叫びました
埋め戻して小石を置きました
道に小石がごろごろしています
川辺に出ました
きゅるきゅる音を立てて流れています
この川も渡らなければと思いました
大きく息を吐きました
子どもも吐きました

## 洗顔

光る蛇口から
透明な冷たさがほとばしる
勢いよく泡立ちながら放たれる
両手を器にして
急いで顔にもっていく
指の間からこぼれおちる
きらめく朝

手にあふれさせながら受ける
額に頬にあごに鼻に
たっぷりと与え
きっぱりと昨日を落とす
皮膚からしみこんでくる
切れるような清らかさ
ぎゅんと引きしまる

今日のことだけを考える
先々のことなど考えたら
手が止まってしまう
ごはんを食べて

仕事に行って
それから
わからない
わからないから
きっと平穏なのだと思う
真新しい朝にふれたばかりだから
ふれただけでも頬に赤みがさしてくる

洗面台にぴちぴちと跳ね
頬にもちいさく光る
朝の粒子がふくらんでいる
鏡の前で背をのばし
にいっと微笑む

## 湖水

波は
誘うように

ほとりに
私をしゃがませ
舐める
ゆび先にふれ
やわらかく巻く

胸のふくらみのような波が
いくつも
湖面に浮かび

水と空は
未だ分かれていない
境のあたりには
細く淡い光

音はとうに絶えた
湖水と私のあいだに
旋律のようなもの

見上げている

かさなりあい
さらされ
白い泥のようになった屍

亡くなったひとは
みな冷たい白い頬をして美しい

鳥は湖の底で
放恣に裾をひろげ
脚形の木が
空からのびている

生まれたものは
まず
鳥になって
らら
という字を描く

私は冷たい頬をして

（『樹間』二〇〇四年思潮社刊）

詩集〈夕区〉から

## 海響

白い舌をほんの少し見せ
ざらつく砂を舐めながら
音をたてないで際をゆく

烈しい波には転がされてゆく
ゆるく巻く殻にこもり
つめたく仄暗い内部で
身をこりこり揉んでいる

凪いだ日には
頂へと求心させるように
芯をやわらかく巻きふくらませる
いつか深い味を差し出すために

夏の夜
私は皿洗いの手をとめ
殻口に耳をあてる
　螺旋ヲ上レ
潮騒のとおく
風のようにささやいている

## 海鳴りの町

海鳴りのする町だった
わたしは傾いだ家家の中
病院に入っているひとを
さがしている
ような気がして
暗い町を歩きまわっていた

ようやく見つけたが
廃院になっていた

電柱の裸電球が
錆びついた扉を照らしていた

とおい昔の元気な
かおを思い出そうとしても
思い出せない
思い出せないひとでも
さがさねばならないことがあるのだ

何か食べなければと
駅前のさびれた食堂に入った
痩せほそりほほのこけた少年が二人
黒ずんだ木製テーブルの前にいた
同席させてもらい定食を頼むと
少年たちも同じものを頼んだらしく
小鉢皿茶碗汁椀湯呑が
四つずつ並べられた
もう一人のは食堂の小母さんのだった

小母さんは無言で竹筒の剝げた塗箸を配った
荒れて皺ばんだ手にはあかぎれができていた
四人で黙って食べていると
いつのまにか
わたしの皿は少年たちの近くにあり
青菜のお浸しの小鉢はすでに
向かいの少年がたいらげていた
焼き魚があるからと思っていると
斜め向かいの少年が
つっと箸を伸ばし
頭も尾もばりばりと
おそろしい早さで食べてしまった

小母さんは少年たちを咎めるでもなく
しみだらけの格子柄の割烹前掛けに目を落とし
黙って箸を動かし続けていた
少年たちが次々と皿に手を伸ばしたので
わたしは茶碗だけは手から離さず
食べおえた

食堂の明かりが暗くなってきた
少年たちと小母さんは
皿を舐めるようにさらえ
茶碗に湯を入れ最後の一滴まで啜っていた

このひとたちは
出ていったひとを
待っているのかもしれない
いつまでも
暗い食堂で待っている
待つために食べ続けているのだ

さがしているひとの
かおを
思い出そうと
向かいの少年に
ふと目を向けると
ほそいほほのあたりに
ふるい哀しみのような
窪みが見えた

## 警報器

晩の八時に
つばめガスのひとが
ガスもれ警報器の取替に来た
期限だから今日中に取替えるという
遅い晩ごはんを
台所のテーブルに
並べはじめていたときだった
身の内をさらすような気がして
急いで別の部屋へ盆にのせて運んだ
台所のテーブルは
蛍光灯の光に白く広がった
つばめガスのひとは

油染みた古い警報器を外した
ほこりが付着して指先についたようだ
　きたなくて……
わたしが言うと
　いえいえ
決まり文句のように返事した
白い紙箱から新しい警報器を出し
付替え
古いのを箱に仕舞った
　サインを
言われるままに名前を書いた

つばめガスのひとは
大きな靴を履いていた
帰っていったら
玄関が広くなった
体に付いていた
たばこの匂いが少しした
晩ごはんを盆にのせて

台所のテーブルに置き戻した
元に戻ったはずなのに
ひとの気配が
薄けむりのように流れていた
ガステーブルの前
警報器のところ
台所の床
玄関
ひとが来て去ったことが
なまなましく
充満していた
顔も声も覚えていない
いたことだけが
ざわめかせていた
しばらくは元に戻らない

空気が濃くなっている

# 明るい家

ガラス張りの明るい家に
（何かの展示場のようだった）
連れの数人
（名前だけ知っているひとたち）
と入ろうとした
ほかのひとたちはドアを開けてすぐに入り
ソファにすわったり庭を見たりしていた
わたしに手首をこくんこくんと曲げ
ガラス越しに手招きをした

わたしは入ろうとしたが
ドアは閉まり開けられず
ノックをしても響かなかった
（ふうだった）
ガラスの向こうのひとに
　入れて
とドアの方を指すのだが
みな気づかないのか手招きするばかり
ひとりが外に出てきて
　さあ　一しょに行きましょう
と言い後ろについていくのだが
そのひとだけがすうっと入って
わたしは取り残されて
しまう

わたしは家の周りをぐるぐる回った
建物の下のほうに小さな開け口があり
（犬の出入り口用かもしれない）
犬になり身をかがめ中に入った
みなこちらを向いた

と思ったらわたしは外にいた
あたりを見まわすと
（それまで家しか見なかった）
家は傾斜地の高台にあり
下には川が流れていた

鼻先をつめたい風がかすめた

家の中ではひとびとが集い
舞っているように見えたが
（動いているだけかもしれない）
日暮れがせまると家はくらやみにとけ
だれもいなくなった
ようだ

　川のほうで遊んでいるにちがいない
川のほうに向かったが
寒くなってきたので
くび筋がひえ行くのはやめた

草むらのあたりが明るい
みなでさわいでいる
ようだ

## さ緑

川のほとりに
うすべりを敷き
わたしといもうとは
お気に入りの
赤ん坊を一人ずつ抱いた
うす紅の梅の花が咲きこぼれていた

わたしの赤ん坊は男の子
おでこを撫でると手が汗ばんだ
いもうとのは女の子
ほそく白い手足をし
巻き毛をしていた
わたしたちは
赤ん坊をおんぶしたり
草の上にすわらせたりした

遠い空を見あげる黒繻子のような瞳

ちいさな赤い縫取りのような口
赤ん坊たちは
何もいわず
ひざにすわり
やさしい軽さでじっとしていた

川はしずかに流れていた
空には
匕首のように
首をのばした
鳥が
綱のような脚をそろえ
飛んでいた

わたしは
さ緑の草のかんむりを編み
いもうとと
巻き毛の赤ん坊に
そっとかぶせた

ふたりとも上気して赤い頬をした
いもうとだけが声をたててわらった
わたしの赤ん坊の
重心が崩れ
うしろへ倒れそうになった
　よしよし
わたしは泣かずにいる頭を撫でた
怖かったのか毛がたっていた

昼の月が
だんだん大きくなり
あたり一面に鱗粉をまいた

わたしといもうとは
赤ん坊たちを抱きしめた
やがて
大きな鳥が舞いおり
わたしたちを
さらっていくことを知っていた

## 春の岬

岬の上から海を見る
淡いグレイにかすみ
ひくい島が
いくつも浮かんでいる

さっき
白壁の酒蔵の奥にある
江戸の時代の
はだか雛をみた

巻き貝のくちに
しろいはだかの男と女が
ならんで座り
さびしく
わらっていた

岬の果ての逢瀬なのか
身よりのない者どうし
紙細工の
うすい手をにぎり

女は好きでもないのに
ゆるしたにちがいない

外に出ると
潮の匂いのする風が流れていた
何百年たっても同じつめたさだ
耳たぶのピアスがひやりとする

つめたさに
ふるえるのではない
生きていることの
怖ろしさにふるえるのだ

丘の上の演芸館から
老いた女の爪弾く大正琴が

アンプで増幅され
岬のはしにも響く

カモメが争いながら
光る魚をくわえ
海はふるえるように
さざ波をたたせている

海のように
生きれば
なにも怖くはないのだろうか

突然わたしは
わけもなく
泣きたくなった
ばくれん女のように
こぶしで泪をぬぐい

## 春の夜

きらきらした
ちいさな星の雫が
水道栓からこぼれる

しんとして
あかるい台所で
キャベツを刻む

水は暗渠をぬけ
山から星空へとゆき
また巡ってきて
剝いだキャベツを洗う

窓の向こうの家家の
明かりが花のようだ

おろかな日日

古びた
西日をうけ
道ばたに
鶏頭が
ひと群れ

わたしの胸までのび
てっぺんまで赤く
羽化していた

ネルの寝まきの
袖にふれた手ざわり
ゆび先が
なつかしくなる

狂いはしない
毛羽だつだけだ

雄たけびをあげ

砂つぶほどの
つやのある黒い種が
虫のなく
くらがりに舞う
暮れていく

折れていく道に
耳朶のかたちをして
うかび

くりかえす円は
耐えながら
ゆるやかにほどけていく

茎のうしろに
わたしがほそながく伸びていく

# 夕区

あたりは薄暗くなってきた
目をこらしても道の先が見えない
わたしは独り歩いている
あぶないけれど
じっとしていては
もっと危険な気がする
前へすすむ
薄闇は横じまになって濃くなり迫る

犬が何匹か走ってきた
黒い猟犬だ
赤い舌をだし
細い脚をかくかく曲げ迫ってくる
鉄条網に囲まれた空き地があった
わたしは素手で押し上げた
思ったほど手は痛くなかった
空き地に入ってしゃがみじっとしていた

犬は向こうにいった
犬でなかったかもしれないと思う
わたしは鉄条網から出た
明かりのない夜だった
道の先で
青い少女がスカートをひるがえしていた
階上にいるときのように
かなたを見る目をしていた

海が近くにあるのだと思った

やがて
わたしは
海への坂をのぼるのだ

春分の日には

春分の日には
ぶらんこを漕ぐ
天と地の
まんなかで
昼と夜が
ま二つになるから*

うしろの山に
近づき
まえの海に
身をよせ

うしろの石から
遠ざかり
まえの木から
引きさがり

ゆんゆん
ゆんゆん

あかるい目は
羽毛におおわれ
蓋に
はめこまれ
わたしと
鳥しか
まんなかにはいない

蓋から切り取られた
かたちが
わたしをし
鳥をして
いるから
近づく
たび
わたしはわたしを失い

鳥は失速する

ゆんゆん
ふくらみ
赤く染まるまで
漕ぎつづける

天地は
湿り気を帯び
ぶらんこは垂直に
しずまっていく

先に
ひとのかたちのある
柱
おそれながら
渡る

＊中国の故事　参考『精霊の王』中沢新一

## 富士

空だけが
藍色をしてある
星が流れる

数歩
進むたび
はげしく肩を上下させる
息がほそく裂けていく

石を踏みこむ
頭の中を
ひりっと
火が走る
富士が体内に入る

根のない歯のように
ぐらぐら動き墜ちていくもの

もう戻ることも
とどまることも
できない

ひたすら
空を吸う
空を吐く
空は割れ
黒いクレヨンで
ゆるやかな稜線が引かれる

高い社では
顔を被った
子どもたちが
白い歌をうたっている

## 六月の不安

一枚一枚の葉のうらに
沈黙をびっしりつけ
六月の樹木はふとくなる
時時
身悶えするように
はげしく
くびを振り
むっくりとして
立ちつづける

不安は
果てしない地平から
波のように押しよせ
しぶきを上げ私にかぶさり
退いてはまたかぶさる

生まれたばかりの

赤ん坊は
ねむりから覚めると
　おわんおわん
ひそやかな声を出し
見えない目を
かなしげに見ひらく

暗い階段の踊り場に
立つ
螺旋の底はもはや見えない
錆びた手すりは
手をよごすばかりで
もたれると倒れてしまいそうだ

窓辺で山を見る
淡く白くなっている
私のほうへとくる

## 予祝

軒先のつららに朝日があたっていた
おかあさんやおばさんたちは
土間に縁台を運んで
板敷きの部屋のようにした
　きょうは大事な日だからおとなしくしてね
ぼくが見ていると
こんどは
押入れから大布団を持ってきて
板敷きの上に敷きはじめた

おかあさんも
おばあさんも
近所のおばさんたちも集まった
みんなきれいな着物に着替え
いつもは
うしろで結んでいる帯を
まえで太鼓にしていた

きよめた玄関の上がり框から
巫女さんが入ってくると
奥の座敷から
おじいさんが出てきて
おかあさんたちのところへ案内した

ぼくがそっと覗くと
女のひとばかり
神妙な顔をし
下を向いて正座していた
ねえさんの髪飾りがゆれていた
男はおじいさん一人
腰をのばし扇を持ち
巫女さんにおたずねしていた

　キサラギにはヒゴトがあります
扇を閉じる音
巫女さんのくらい声

みんな
いっせいに身をふるわせ
手を合わせていた
やわらかい布団の上にすわり
女のひとたちは
待っているようだった

薄日が差し

急に
あたりが白くなった

　みんなお嫁さんになるんだ

弔いの家

冬の家では

ひとはみな
黙ってうつむいている
戸口も雪でとざされ
家の中のあかりは
ちいさないろりの火一つ

寒さに
時時
いのちの火が消える

赤ん坊が死んだら
あかい着ぐるみに包み
家の近くの
やわらかい雪にいだかせる
としよりが死んだら
しろい大きな布に包み
凍った雪を割ってよこたえる

小鳥の声がする

朝
ぴたぴたと氷がとけている
子どもが破風をのぞく
空が淡い青色をしている
戸口を音をたて明ける
まぶしくかがやく雪野
わたしは子どもたちと外に出て
ゆっくりと掘りはじめる
野は光をいただいている

亡がらは
からだを整えたまま
ねむりつづけている
しろいかおは
安堵のように
まつげをぬらし
露がきらきらしている

家は

やわらかにゆがみ
崩れながら
雪どけ水の中
かしいでいく

山のふもとでは
うすむらさきの煙がのぼっている
もう
弔いをはじめた家もあるようだ

子どもたちは
小鳥になった魂を
追いかけて遊んでいる

淵より

盛りあがりせめぎあい
怖れ退くように見せながら

暴徒となる
いななく白馬となる
虹を走らせうねる
繰り返しの永遠には
退屈はふくまれない

夕刻の海は
白いかしらを見せ
平板を打ち叩き
砕けながら
叫ぶ

私も独り叫ぶ
叫ばなければならない
叫ぶとは伝えることではない
互いに交感することでもない
内部でわきあがるもの
突き破ってくるもの
あふれるものだ

声を放つのではない
声は届けようとする意志を持つ
叫びは自身の存在を確かめるだけだ

私は砂の上を歩く
海底から
無意識の波により
ぽろりと投げ出された貝は
時の重みに粉砕され
砂と混じりながら
決して同化はしない
私のはだしの足うらを突く

貝もまた叫びをもつ
身を守り外部と隔てた殻が
欠片となった今
波に洗われ
きよらかに輝きながら
鋭く叫ぶ

叫びのあとの
ひたひたと満ちてくる
沈黙は
調和の時
呼吸音
血液の流れ
関節の響きは
寄せては返す波の響き
尽きない時のこだま

叫びは
層雲になり
やがて
混濁の縞模様となり
打ちあげられた藻草となり
水平線には緑色の光が満ちる

私は世界になっている

（『夕区』二〇〇六年思潮社刊）

## 詩集〈無月となのはな〉全篇

I

### 無月

目印の屏風岩のちかくに
ちいさな萱葺き屋根の家があった
わたしは今夜の宿になる家をたずねていた
板戸の節から明かりがこぼれている
こぶしでかるく叩いた

戸を引き顔をのぞけたお爺さんは
綿のはみでた縞の半纏を着
落ち窪んだ目をしばたいてわたしを見た
形代《かたしろ》を舞わしんさるか
乾いた唇からつぶやくようにもらした
わたしは首をふった

人形をあやつることなどできない
お爺さんはだまって目をそらし
禿げた頭をふりふり戸をしめた
もの言う間もなく
内側から錠をおろす音がした

山はねむりはじめ
夜はしじまに添って走ってくる
つめたい露草が脛にまとわりつく

数百メートル先のくらい木立に
わたしを誘うように
ぼんやりした灯が見え隠れしていた

なにかに誘われなければ
歩きすすむことはできない

たずねた家家では
お婆さんがでてきたり

主人らしい壮年の男がでてきたり
赤ん坊をだいた若い女がでてきたり
でてくるひとは違ったが一ように訊いた
　舞わしんさるか
わたしが首をふると
鼻先で音をたて戸をしめるのだった

雲に隠れた月から
十三夜の
にぶい薄明かり

夜も更け家はあと一軒しかなかった
　舞わしんさるか
白髪の小柄な痩せた男がでてきた
　舞わします
夜風がつめたく頬をなで
髪がしめっていくのがわかる
わたしは荷物を片手に突っ立っていたが
手まねきされるまま内に入った
奥から火を焚く匂いがする

## 月光海道

日暮れ男は海辺の石段にすわった
ふだんは小商いをしているが
晩飯までのあいだ海をみるのが休みの日課だ

海は凪いでいる
やわらかい青粘土を掌でぺたぺたおさえた
ひらたい面がつづく
月がまるくのぼり水平線の向こうへ
ひかりの道をみせていた

男は誘われたような気がした
　ゆこう

ひとりごとを言ったつもりだったが
静かな夕べだったので
近くのほかの男にも聞こえたようだ
　ゆこう
何人かの声がした

月の照り映える道を男たちは漕いだ
海辺の町は遠ざかり
灯の色もみえなくなった

男たちは頬を風になぶらせ
ゆっくりと黒い櫓を漕ぐ
月をあおぎ波のうねりにからだをまかせる
あかるい白銀の月影が男たちの額にかかる
どこへゆくのかさだめのないままますすんでゆく

ちいさな港町に着いた
寄せあってならぶ家家から顔を白くぬった女が
紅い唇をまるめ茶をすすめた

上着をとり履物をぬぎあがりこむものもいたが
目がさめれば帰れなくなることを知っていたので
一杯の水をおしいただくように
口の中でころがしながら呑み
たがいに頷きまた漕ぎ出す

ほうぼうの港に寄りながら
月明かりのもと海原をゆき

黒松になった男も
水鳥になった男も
岩島になった男もいた

## 甘露

霜月になれば桃に肥をやらねばなるまい
月の照る晩

男は船積みの荷の蓋をあけた
とおく船ではこばれた下肥は
燻した肉のにおいがし
ねっとりとした粘りがある

十日前の荷おろしの日
男は商人から嗅ぐよう勧められた
　よく熟成されております
ひと一人が入れそうな木の箱を覗く
黒褐色の肥が泥土のやわらかさで重なっている
　海水は混じっておらぬな
おととし海水で水増しされ
枯らしそうになったことを男は憶えている
　さようなことはございません

矢庭に男は中ゆびをずぶりと肥に差しこんだ
商人は揉み手をやめ両手を握りあわせ凝視した
男はふといゆびを舌先でそっとねぶった

　結構じゃ
　ことしのは濃いわ
商人は頷いてほほえんだ
葉むらからこぼれる秋の日ざしが
きらきら商人の額にも肥の面にも落ちていた

男は桃の幹をなでた
月明かりに映え絹布の光を放ち
すこしぬくみがさしている
肥をやるとじゅわじゅわ吸いこんだ

若い果肉は小粒で堅く
うぶ毛は手縫針の痛さで皮膚を刺し
味は甘さと水気がたりないが
成熟すれば毛も皮も肉も
ゆび跡が残るほどたおやかになる
男は口中に甘露となってとろける
みずみずとした果肉を思い浮かべながら

放尿した
どこかに香木でもあるのか
夜風に一すじ薫香がただよう

## 感傷

風に逆髪を突きたてざわめく
針葉は地におちても
人という字をくずさない
イヌになったわたしは
　う　おん
ちいさくほえ
根もとを前脚でほりさげる
わたしの眼に
やにのような泪がうかんでいる
埋められたものたちが
弓張り月の宵によんでいる

## くねらせるもの

バスはけわしい山なみの道でとまった
灼けた車体を休ませるのだ
道のわきの崖はかわいた肉色をし
わたしたちに熱砂がまとわりつく
草木の一本もない岩石の山山

頬にかかる髪をうしろに撫でつけていたら
浅黒い長身の老人が歴層の岩から姿を見せた
皺が縦にきざまれた彫りのふかい顔
くぼんだ大きな目は表情をかくした炭色

老人はこちらを見ながら手提げの中をさぐり
黄ばんだ布包みを取り出そうとした
ふたを開けるように右の手で布をさすり
左の手を横一文字に伸ばす
右手と左手のあいだには
やわらかく白く輝き長く身をくねらせるもの

こまかな鱗から透る粘液
ひかりながら金色の縞を浮かびあがらせる
目はつぶらに黒くわたしを見ながら瞬かず
あかい糸の舌は蔓になってからみつくものを探す
老人はたわませたものを右手に巻きつけ
かすかに何かつぶやきわたしへと伸ばした

罪をおかしているからなのだ
脂のように静かに迫ってくる
日が翳ってきた

バスは車体を冷ましばらく経って発車した
　あなたはじっと山を見ていたのね
わたしが老人を見ていたことも
老人が袋から出したものも
みな見ていないと言い
熱い乾燥地帯の山には誰もいないし
生きものの影すら見えるはずもないと言うのだった

## 海餐

ビロード様の皮をなた包丁で割く
まっすぐに上から下へ
黒い前開きの服を脱がせるように切る
雪白の脂肪
紅の肉

男はひょいと太いゆびで脂肪の中の
アーモンドほどの塊をつまんだ
　食べてみな
歯応えなくやわらかくつぶれ
香ばしくほろ苦い味が広がる

浜辺では
ひとびとが数人ずつ集まり
みな肉を分けあっている
海は平らかになり
ときおり白い波頭を見せる

歓びが浄めさせるのだ
低い声がする

なま肉は甘い
脂のところには筋があり
コクのあるとろみが歯につめたい
みな黙って
まつりものをいただくように
姿勢を正し座り
少しずつ口にする

腸も胃も心臓も細かく切って食べた
ずるずるした手は海で洗った
海は日を半分のみこみ
金色の残照に頬を輝かせていた
わたしの頬も光っているだろう
みな骨を洗いはじめた
新しい骨はクリーム色をし
わたしの手足と同じ体温をもった

舐めてみな
もう海の匂いになっている

## みずうみ

みずうみのふちがやわらかくなっている
今夜から水かさが増し移動してくるのだ

昼までしじみを掘ったり大根を洗ったりしていた
シャツやブラウスやパジャマは洗わない
そで口から身ごろ腕や手そしてからだごと
波にまとわれ引き寄せられてしまうからだ

みずうみの中ほどには底なしのふかみがあり
白蛇のとぐろを思わせる烈しい渦が巻いている
動くものはみな渦に巻かれ戻ることはできない
牛も馬も水を呑みに行って帰ってこなかった

帰ってこなかったひとたちの中に曾祖母もいた

みずうみが野原に移りちぢんだこともあった
白粘土のやわらかいぬかるみになり
渦のあたりが燐の青さで光っていた

今夜はひっそりと高台の一ところに集まる
戸口のあたりから寄せる波の音がきこえてくる
馬が駆け牛が鳴きひとの動くざわめきのような音

わたしたちは一つの盃を回して御酒をいただく
渦が近づいているので外には出ない
五遍回し終わるころには夜がきわまる
子どもたちは何も怖れずねむる

急に寒くなってゆび先からひえてくる
凪いで凍りはじめたのだろう
戸口の方がほの明るい
だれか帰ってきたにちがいない

曾祖母に逢えるのだ

## 芒種

夕暮れの小川のほとりに黒い猫
弓なりの背に毛がぬれた艶で密生している
金色の目でわたしを一瞥し物憂げに目蓋をとじた

薄むらさきの花しょうぶは震える舌の形
毛細血管の花脈
空を突く緑葉の剣
雨もないのに地の肌がしめっている

猫は孕んでいるにちがいない
とがった乳首が色こくなり
胎内の心ぞうが鼓動をはじめる

わたしは見つめた

血の匂いがするね
応えるようにふふと鼻をならす
なまあたたかい風がただよう
さざ波が映る雲をみだす
生まれてくることは畏れ
からだが熱をもち血の量が増す
愚かしさゆえに生きつづけられる

黒い猫はのっそりと立ちあがった
見越しの柿若葉の光る家へむかうのだろう
毛羽だつ畳の隅のひらたい座布団にすわり
明かりとりの破れ障子に影を映しながら
丸まりうたたねをする

尾でまるを一つ描き
うす紅の血のひとひらの雲の舞う
中空の甍へ危なげなくのぼってゆく
身をくねらせ古い猫若い猫つどいあい

笑みながら黒髪の女になったり
緑の目の少年になったりする
夜
しのび足を聴きながら
わたしは胎の子になってねむる

枕

斜めに落ちてゆく
水の色は離れてみれば明るい
ざらんばらん
傘の上は十字路
足もとの飛び石がふくらむ
五葉松がひとまわり大きくなる

蔵の中
江戸の時代の木枕の

くび待ち顔の猿の彫りものが
笑うようにふくらむ
寝ていたひとの
ゆびあとが濃くなっている

## 野帰り

戸口で結んでいた髪をほどく
一人ひとり黙って立ったまま
女たちの髪は
内在のおもさ
水のつめたさ
夕方になるとはねるので
わたしはそっと手でなでつける
毛さきが嚙むようにほほをつく

野帰りについてきたものがいる
籠の中の黄楊《つげ》櫛をとる
ほそい密な歯は
脂じみたつやをもち
黒ずみまるくなっている
ぬるい風がそっと足もとにたたずむ

順に梳く
歯さきはなま温かくなる
地にふかく
つむじから下へと川をながす

櫛をうしろ向きになげる
音はしない

次のひとが宙でひろいとる
手わたしては
ものもらいができてしまう

塩をまく
塩をふむ
髪がかるくなる
ふりかえりはしない

川でへびが死んでいる

## 春の石

梅の花が一輪ひらくたび
石は少しずつやわらかくなる

雨が三日四日とふりつづいた朝
白ばんで明るみの中にまるまっている

小庭のほそい青草をふち飾りにし
いつもは怜悧な横顔が上気して甘い

凍土におおわれ息を殺していた冬から
ひと息ひと息
耐えてきしんでゆくと
筋のようなみちがふくらんでくる
雪どけ水をふくみながら透る

渦巻き様の花序がほどけながら青く咲く

Ⅱ

箒星が弧を描いて墜ちてゆく

真夜中に箒をつかうひとたちがいる
今夜はわたしもつかう
口をきいてはならない
手に竹の柄が湿ってなじみ
冷気をふくんだ風がほほをかすめる

柄を立て

ざらざらした大粒の砂をよける
かたい地面に
楕円　放物線　双曲線
地を這うものはすべて傷ましい
というふうに渦が結ばれる

少しずつ輪郭がうかぶ
いえのようなかたち
ふねのようなかたち
波がしら
流れは海へとむかうようだ
空には淡い二日月

わたしたちは箒を地面に横たえる
柄はすうっすうっとのび
うでを絡めるように組みあい
長い月色の筏になる
尾は羽飾りのようだ
わたしたちは乗りこむ

女たちは髪をスカーフの中に入れ
くらい空をあおぐ
男たちはシャツの袖をたくしあげ
櫓を漕ぎはじめる
夜の流れはふかい
わたしたちは流れに手を入れ
光るものを掬う

青い玉
花びら
うすい翅
まるい葉
小枝
掬うひとだけに憶えのあるもののようだ
わたしは目蓋のかたちの貝殻を手にした
少女のころ自死したひとを思い出した
ため息が雪の一ひらになってくる

忘れないわ
独りつぶやく
過ぎさったことは意味になって
てのひらに現われるのだ

夜明け前には箒を仕舞う
だれかいなくなった気がするが
さがすことはゆるされない
箒星が弧を描いて墜ちてゆく

空にすじ目の残る朝
わたしは台所で青菜を刻みながら
勝手口の柱に掛けてある箒を見る
スカートのように
だんだんと
裾をひろげているようだ

## 交叉

路が交叉すると
風をよぶ
三叉路
四叉路
風は路の数に裂かれる

十字路では
真ん中の高いところで
風たまがうずを巻いている
ひとのつむじがうず巻く
空へのぼりたいとねがう

路べりの石が
雨をよぶと
交叉の路は
風を裂くのを止める
石は平らになり

ぬれるのを待つ

わたしは
頭上を見ないで
わたる
五叉路でいつもまよう
角の家は花を植えている
鋭角の影はみえない

おおきなわらい声
のような
颪
血の匂いを消している

異種鳴き交わしの
音色
交叉はほどけ
日が暮れる

とおくで
犬がほえている

## 青火

火を点けると青火のサークルが立つ
男たちは火を囲み無言ですわっていた
やがて一人ひとり立ち
生まれた土地の名
父の名母の名をひくい声で語った
立つたび焔はゆらいだ
くちずさむ歌が流れ
天を焦がしてゆく

## 八月の馬

八月に入ると

暗がりが大きくなる
ひと影が濃くなり
球体は黒い種を抱える

八月の馬は
じぶんのために生きるのではない
影を抱きしめて肥る
つるは逆巻きをはじめた

ざわめきが
地に落ちてゆくと
しずまりになって
葉うらがかわき
黄ばむ

馬は体に緑のつめたい汗をかき
熱を払う
褐色の花殻を尾にして

わたしが肌をなでると
棘になってゆび先を刺した

馬は庭先から
満ちる月に向かい
尖った尻を持ち上げ
あゆもうとする

月が照り映え
ひかりを撒く
草が踊る

影はゆらゆらと波になって海をつくる
一足ずつ
海に向かう馬
だれかを迎えにいくのだ

# 砂山

大鉢を伏せたかたちの砂の山
やわらかに幾つもそびえ
地の果てまでつづく
明け方の空に金色の日が二つ
幻でもどちらかなぞるしかない

日が中空にたたずむと
砂の山山はふくらみ
布のドレープの谷をつくる
花びらの光
オルガンのひびき
砂山の尾根はくずれながら熱くなる

わたしたちは手をつなぎ円をつくり周る
うた歌うように風が鳴る
順に円の中心に入りしゃがむ
わたしの番になった

しゃがんで目をつむる
砂の和音はひと声に似て
なつかしく震えている
背にだれがいるのかなぜかわかる
視線が肩先からながれてゆく

光る砂は子どもの骨が古びて透ったもの
けものの骨は灰色に湿り気をもつ
雲がちぎれてゆく

女たちの声が流れる
快い絶望
の響きをたて
閉じこめられてゆくわたし
砂山が動いてゆく

## 流れる

ひとりでいたら
近くにいるものたちが
身をゆらしながら集まってくる
片くちのつめたいからだで
澄んだ目を見ひらいて寄りあう

単独でいては呑みこまれてしまう
わたしたちは泣くことも
ものいうこともできない
群れになって流れながら
はらの苦味を濃くしてゆく
波の下を流線となってさまよう

逃げることは生きること
尾をふりながら息をととのえる
背黒になってゆく

闘うことができないから
喪うことをかなしまない
かなしみは夥しく寄せては返し
わたしたちを美しい銀白にそめる
肉質の弾力がつよまる

ふりおちてくる粒子
鉄紺のおもてを見あげる
みじかい下あごに
にぶい光がそそぎ
ゆらめく一条がほほをなでた
月がのぼっているようだ

## 入り海

晒の帯を丸島に
らせんを描きながら巻きつける
解くとふくらむのできつく巻く

子は魚のままゆったりと泳ぐ
あたたかい海で泳ぎながら
ひとまわりふたまわり大きく太くなる
あしでうらを蹴りすすみ
もれてくる朝の匂いにわらう

目はつむっていても
この世へとすすむことはわかる
ときどき固いさなぎになり
いないふりをするのでわたしは
つむりをなでるように島に手をおく

ぬるい湯にからだを伸ばしつかる
入り海はひろがりつづけ
子は水気をふくみながら肉をふやすので
湯からあがり大急ぎで帯をしめる
ひかる波模様がちる

青い空がとどろく
庭先で平たい白いへびがとぐろを巻く
島は波打ちゆれ呼吸が荒くなる
生まれるまえには幾度も変わるので
ひとのかたちで生まれるように
まわりながら出てこられるように
さかいの皮ふを時計まわりになぞる

うみ月には外海は息をひそめる
白い帯が潮目になっている

## 海辺の子牛

海辺にしろい子牛がいた
ほそくて肩のあたりが骨のかたちのままだ
小枝の脚はふるえ
しおり紐の尾がふらふらゆれている

わたしは近づいた
海の青を映している真っ黒な目
カールしているまつげがぬれている

おそるおそる背をなでた
背は思いがけないつめたさをしていた
体温がわたしの血管へ青く流れてゆく

子牛はうつむいていた
海のほうから来たのだろう
どこへゆくのかわからないのだ
背におくわたしの手に
肉のぬくみがつたわりはじめた

うながされていると思うのか
きしきし砂をあるいてゆく
　まって
呼びかけても声は潮騒に消えてゆく

波がしらが海上をすべり
雲がひろがる

　わたしを破壊してください
ふいに感情のような大きな波が砂を打った

海辺に影はなく
波はうねり
空はあわく

いつのまにか
わたしも尾をたれついてゆく
つめたい風をうけ
どこへゆくかわからないまま
砂に脚をとられながら

うまのあしがた

横に馬のくびがあった
うすぐらい部屋で
うたたねしていたとき

なめらかな皮膚をし
掌にひややかになじむ
胴はない
土の匂いがした
くびが夢想していたからだ

かつては脚を地につけて歩いていた
ひとや土地や力のことなど考え
しだいに駆けていった
地面を蹴った

都市をぬけ
小川や
野菜畑や
社の杜を走り
くびを切られ
宙へと走りぬけたのだ

馬は長いまつげをしばたいてわたしを見た
わたしは野草のようなたてがみをなでた
馬は歯を見せわらう
わらうとすこしまのぬけたかおになる
俊敏なものは悲しいかおしかできない
青ざめるだけだ

ひかりのさしこむ朝
石畳を歩く
馬糞の匂いのようなもの

かけぬけたあとには
なつかしげな臭みがある

くびをふりながら歩く
うまのあしがたが咲いている

*うまのあしがた　キンポウゲ科の植物

雨

ひと影のような草の影を
踏み石のように
ふみふみ古い家に入る

剝げた土塀の藁や瓦のかけらが日に光る
塀のそばにはセイタカアワダチソウ
土蔵のそばにはハコベやカタバミ
ひとが踏む門口にはオオバコ

うす暗くひんやりした居間の天井を見あげる
とたんに太くごつごつした梁が
ぐにゃりと曲がりわたしへと向く
大きな蛇のあたま
ナタ豆の目
怖ろしい形相で見据え
わたしを巻き締めあげる

と思ったら
無数の傷が模様になった柱に
褐色になった般若の面
細かいモザイク状にひび割れ
もの言うでもないのに口をひらいている

部屋には雨がふりはじめる
黒ずんだ柱に
擦りきれた畳に
角をなくした敷居に
ほそほそと霧になっておち
わたしの髪や喉や手ゆびをぬらす
忘れてしまって思い出せないことが

なつかしげに立ちこめる
湿り気に臭みがまとう
ずっと雨はふりつづいているのだ
ま昼に星がまたたいているように

ひっつめ髪のおばあさんの写真
白く短い髪のおじいさんの写真
襟元を固めに締めた羽織姿の上半身
天井近くに飾られている
死んで写真になると大きくなる

過湿をきらう写真にも雨がふり
雨がふると
家はなつかしいきしみをたてる

雨が小止みになると
死んだひとたちも草もわたしの髪も
ぬくもりながら殖える

ふやける写真は千切れた空になって殖える
雷の走る空
白い雲の空

空の中に
浮橋がうかび
草が生え
柱がふるび
したんしたん
歩きつづける音がする

なのはな

しろい息をしながら
月夜に
分娩された
なのはな

台所の隅で
つぼみは
夜になると
ひらいている

いたみをしらないふうに
ふるえ
くらがりに
いじらしく束ねられている

抱きとれば
生まれなかったものたちを
悼むように
はらはら
花びらをこぼし
乱れて茎をのばす

おぼろな夜
説明することのできないことをしてしまうひとや

わかりあえることのないひとたちが
さびしげにわらっている
声がする

したしげな苦味が
からだを
とおってゆく

（『無月となのはな』二〇〇八年思潮社刊）

詩集〈海と夜祭〉全篇

## Ⅰ

### 海の見える町

わたしは旅をする
わたしに出会うように

海が見える
歩いたあとを波が消していく
波はいつのまにか
大きな水の器の中で減っている
波から波のあいだ
一瞬の広がりが
永遠かもしれない

波にそそがれる夢は
朝はきらきらしている
真昼は勢いよく
夜は眠りながら
取り返しのつかないことを沈めていく
家家は花のように
だれが見ていなくても懸命にある

思い出は
遠い町にあるような気がして
海の見える町を旅する
波のかなたに
わたしを隠しているかもしれない

### 球形

ちいさな球《たま》を売る店は病院の隣にある市場の隅にあった
おばあさんがひとり店番をしながら編み物をしていた
球はダンボールのくぼみのあるシートに

一つ一つ置かれ幾層にも重ねられている
おばあさんはお見舞い用かと尋ね
　ください
ふちをレース紙で飾った化粧箱に
もみがらを入れ吊るした裸電球に一つ一つかざした
しわばんだ手ゆびの先で球は電灯の色を帯び輝いた
　あかるい宇宙が中にあるよ

さっきまでホールで手品や合唱があったらしい
廊下の端のあたりに歓声がうすく残っている
病室はしずかだ
円筒のカーテンの中には一つずつベッドがあるらしかっ
　た
覗いてゆくとみな苦しそうに顔をゆがめている
見舞うひとが見つからないままわたしは
大きな球形のガラスの窓辺でたたずんだ
川に架かるアーチ形の橋が見えた
ひとびとが渡っている

群青の空に赤みが差しはじめ
ひとびとの目も口もよく見えない
いちばん前のひとは両手をほほにあてている
果てしない列

見舞うひとが見つからないので
わたしは一つずつ球をあげた
みな枕元に置かれわたしも一つ掌《てのひら》に置く
ふいに夕焼けの光が室内にそそぎこみ
赤い色に染められた

みな球形の顔をし
苦しんでいたひとも透けるように美しく見える
乳母車の中の子のように
わたしのほほも丸くなっているだろう
夕べのせせらぎ
あかるい宇宙
巨きな球形がふくらんでいる

## 夏の家

ひとりまたひとり孕み
ねつを帯びながら
ひとなつこい生ぐささで
ふくれていく

平たくなったり尖ったり
より集まりながら
ぬるぬる粘えきをだし
ひろがる
つながる
しろいすじをひき
たがいに入りまじわる

ろ地の家家のほそい通ろで
なまえの薄れたひとが
すずのね色でささやきあう
はち植えの桔梗がくびをゆらす

影ぼうしになった子は
よわよわしい電灯のひかりがもれる
うら口から入ってくる
佇んだまま
ほそくくねらせ
朝顔のつるになる子もいる

夏の夜わずらいもせず
食べたりねむったりしていても
ひふのふるえがやまないのは
むすうのちいさな影がとおるから

家家の下には
さらさら川がながれ
ふるい耳わのようなものをあらっている

## ぬ

春のぬのキワには生くびを持ってゆくという
生くびがないので牛を曳いていくことにした

牛を曳くときには子ども服を着なければならない
水色の半ズボンを穿いて
牛の頭を抱くような恰好で歩く

橋をわたっていく
すれちがうときには立ち止まる
向こうの息をかんじ
ゆずらねばならないことを知ると引き返す

ぬには生温かな亡きがらの匂いがたちこめていた
土はやわらかく迎え
木木には視線がからまり
草の息が足元にまとわりついている

幾人もの孕んだ女たちがいる
わたしがことばを交わさないでいると
おお腹を両手で撫でさすっている
てのひらが湿っているようだ
緑の池には尾をからませる魚
背びれを直線にして力をこめる
池の端をめぐる縁に
咲きあがる花はむらさき色をしている

牛はおとなしくじっとしていた
杏形の目に空を映し黒いぬれた鼻から
しゅしゅう湯気をだし
やわらかい背が脂気を帯びてくる

土が赤くなり深くなり
ささめきあう匂いがのぼる
わたしのからだに匂ってくる

## うら山

雪がふりはじめたようだ
目が覚めると山の裾野にねている
大きな山が近くにある
ゆうべは低かったはずなのに
なだらかに高くなり
黒い岩肌に雪がひらたく薄くのせられ
空気をつめたく華やがせている

わたしが起き上がると
近くにいたひとたちも立ち上がる
　雪ですからいきましょう
頬を赤くし山へと向かうようだ

山を見ると少しずつふくらんでいる
雪が燐光になって光る
ふくらむ山は少し傾いでみえる
音という音を吸いこむ

受容できないものがあるのだ
耳朶に山の息がまつわる

わたしは耳を地につけた
絶叫が奥深く内包されている
ゆらぐような地の粘りが付着する
鬱気と笑いというふうに
くすくす風が鳴る
断崖のほそ道に山がしなる

ひとびとは山の背にのりはじめた
山は大きな呼気を吐く
わたしの内耳の器官から
さらさら白い骨音がひびいてくる

## 夢虫

夢の中はわたしの中のはずなのに

しらないひとばかりが出てきます

しらないひとがわたしを囲み
きたないゲロをはきました
くろくすえた臭いがします
みちを粘液になっておおいます
しらないひとたちは
わたしがしたのだとゆび差します
くびをふると大声でわらいます

みしらぬ町でした
みしらぬ町でしらないひとがいて
わたしは無目的にあるいているのです
いろとりどりの服を着たひとびとが
ふかい目をしてわたしをのぞきます
わたしはそしらぬかおであるきます
まっすぐにわき目もふらず手をふって

たかい塔がみえました

こんじきにひかり空を突いています
塔のぐるりには塀がめぐらされています
かこまれたところに広場があるのです
ひとびとが歌をうたい
古書をひろげ空をみあげ
祈りのことばをささげています
こどもたちも
わからないまま声を出します

粘液のみちを越えていきました
ねばりはなく靴には付きませんでした
影色の長い衣服のひとがとつぜん
わたしの前に立ちはだかりました
じっとわたしをみつめ
くびをふりました
わたしは走りました

町は迷路になっていくような気がします
わたしはりょう手を伸ばしました

飛べるような気がしました

## 往来

日暮れる空の下
すずめの胸のしろさになった往来を歩く
夕陽が大きなかおになっている
怖ろしい憤怒の光るかお
わたしは走り出す
ゆき先がわからなくても走る

コンビニの店内では
レジの引き出しが開いたままだ
手と手と硬貨がひっきりなしに動く
ゆび先がだんだん尖ってきている
尖るにつれ店内は明るくなった

路のわきに枯れた百合
褐色になったつぼみがうなだれていた
わたしは黒ずむ茎を手折った
　あらあら手がよごれるよ
通りがかりのひとの声
色彩が消えてゆく

細い茎は腕の中でぬるみ
ぶちの赤い花弁をひろげた
　美しいでしょ
見捨てられたものの声
腕の中でいっそう大きくひらいた
ねばねばと光る芯のしべ
花を抱いた姿をショウウインドウに映す
じぶんのかおばかりが見え
やがて
ぼやけて花弁ばかりになり
百合はショウウインドウの飾花になっていた

暗くなり前にも後ろにもひとが多くなった

ゆるくこぶしを重ねて手の望遠鏡を作る
カンナや向日葵の色の服をきたひとがいる
ざわめきが高くなる
わたしは道なりに歩いてみる
夜祭があるのかもしれない

## 船日

出航は五日後だという。岸には大船八艘。
塩、米、ゴマ、マメ、莚《むしろ》、皿、鉢。
分類され次次積み込まれる。
海は透き通り底に小魚がいる。
男は俯くと萎えた自分の脚の細さに気づいた。
不意にきらきらした黄金《こがね》を思い浮かべた。
　お前は親兄弟にも女房にも死に別れ、子もいない。
借金で家も失いおまけに病気だというではないか。
ここで考えたらどうかね。悪い話じゃないぞ。

昨晩船師が来た。話があるのか五合壜を下げてきた。
　邪魔してもいいかね。
男は白地に秋草模様の薄い茶碗を二つ出した。
死んだ女房の好きだった茶碗。
茶碗の白い底に目をやりながら船師に酌んだ。
　船は知っての通り必ず無事で帰れるとは限らん。
嵐で時化《しけ》ることもままある。それでじゃ。
船師は急に声をひそめ懐から一枚光るものを出した。

沖の白波がゆらめく旗のように向かってくる。
と見る間に、岩壁に突進し岩肌を蹴り上がり、
砕けて空へ音をたて散っていった。男は波音の中、
船師の声が耳について離れない。
　決心すれば黄金《こがね》の山じゃ。
ほれ。これ一枚で米一月分が買える。
病気も治せるし食うに困らん　そうそう難破はしやせ
ん。
なんもなけりゃ帰ってから安泰に暮らせるんじゃ。
いよいよというときのお守りになってくれればいいん

じゃ。
海を鎮める神様に捧げるゆうことは成仏できるゆうことじゃ。

男は海原があかあかと夕日に燃え広がるのを見た。
青みを残しているところもじきに燃え移るだろう。
沖の岬が大きくなり近づいている。
男は大きく脚を踏ん張り潮風を吸い込んだ。
髪の毛が風のせいだけでなく逆立ってくる。

## 雪

真上を向いてねる
果てしなく広がる無彩のグラデーション
わずかばかりの星がわたしを見ている

空も地も風景はわたしだけのもの
しんまで日に温まった肌は
きれいな水で清められた
両わきの花たばの
かおりが一すじ線になって流れる夜
こな雪が舞いはじめる

こまち雪と名づけた
やわらかに月の光をうけ青めいていく
ひと雪ひと雪
かたの上
ひざの上にとまらせる

髑髏が金色になる
久遠を思いながら
深い呼吸をする

## 空

地面にあいた穴

くびを垂れのぞく
コバルトブルーだ
見たこともない濃い群青
光をもちどこまでも深く広がっている

空なのだ
地面の下の空には濃淡はない
一片の雲もない
太陽も月も星も風もなく
ただ青く無音で果てしない
　近づいたら吸い込まれてしまうよ
いつのまにか近くにひとがいて
ささやき合っている
空は増殖しているようだ

空ばかりになると地面はどうなるのだろう
　空になるんだ
背の高いひとが言ったような気がした
みんな黙って立っている

空はぐんぐん成長している
いつかは群青の中にいると思う
わたしは薔薇色の欠片を探した

鎌を持ってきたひとたちがいた
麦を刈るのだと言う
空のふちには金色の麦畑が地面を覆う
黒い鎌がひかりになってうねっていく

ひかりになるのを怖れるように
わたしたちはこうべを垂れ空を覗く
美しい青
累累と不在のものたち

## 影の犬

春の夕方の影はぼんやりしている
振り向いたら

わたしの影はやわらかく動き
犬のかたちになった
震えている
犬にもはずかしがりやはいるのだろうか
道のはしっこをとぼとぼ歩いている
うしろを向いたかたちで
　うしろ向きね
言ったひとは大きな声でけたたましく笑った
影も大きくてのしのし歩いている
ひそひそと風はそよぐ
黒い犬のわたしは面を伏せる

耳を澄ませ
遠く笛のように泣く声を聴き
尾から夕やみに溶けていく

Ⅱ

## Ａ４の柩

ビルの廊下で見知らぬ白髪の男は
壁際の大きめの封筒を指差した
口を折られている白いＡ４の封筒
男は太い指で封筒を取り上げ　わたしの方へ開けた
　さっきガラスに当たったんです　ほら

わたしが躊躇する間もなく目に入ってくる
少し薄暗い封筒の底に握りこぶしほどの大きさ
オレンジ色と白色の羽根先
ぎゅっと目をつむっている
灰色の細かなひだの目蓋に
まだ震えが残っているようだ
脈絡の違う隣接には何かが起きそうだ
男は頷きながらもう一度封筒を覗く
　墓を作ってやった方がいいかなあ

緑色の風が吹きぬける
中庭のクスノキの梢がゆれている

子どもが握り締めていたものは堅くなっていた
　お墓を作ろうよ
子どもは駆けてきたらしくハアハア息をしている
　電信柱のところにあったんだ
金魚のお墓
ザリガニのお墓
ヤドカリのお墓
アイスクリームの木の匙の墓標
子どもはお墓を作りたがった
わたしはスコップでちいさな穴を掘った
亡きがらが土にまみれるのが厭だったので草を敷いた
子どもはわたしの手元を見つめていた
　ぼくのお墓も作ってね
子どもは目をぎゅっとつむって草の上に寝転んだ
みるみるうちにちいさくなった
やわらかい頬が堅くなって

楊枝の脚がちぢこまった
草をシーツにし……

スコップで土をかぶせる
わたしの背にやわらかな重み
うふふ　ここだよ
　どうしてぼくは死なないのかなあ
子どもの声
夏の日
だれかがいなくなった気がする
同じような感応は束ねられ集められ
わたしが連続しているだれかに繋がる

風が髪を撫でる
　地のほんの上を掘って
　埋めた方がいいだろうか
男はひとり言のように言い
封筒の口を折り曲げわたしに渡した

何も入っていないように軽い
わたしも口をもう一度折り曲げた
わたしたちは黙って
A4の柩を床に置き戻し
顎を引いた
生きているものの義務のように
葬送の儀礼のように

後ろで
やせた子どもが
窓辺を通り過ぎたようだった

## 坂みち

坂みちが柚子色に発光している
金色の輪をまわしながら
子どもが一人下りてくる
長い睫毛に涙が溜まってこぼれ
なめした白皮の皮膚を弾きながら
淡紅の口の端へとゆく

子どもは細紐を操るように
空中へと長い舌を泳がせ舐め戻した
ふいに
　せらせらせら
笑った
わたしが見ているのに気づかないようだ

夜が近くなっている
家家の窓が蜂蜜色になる
蛍光灯の下で
宿題をすませた妹たちが
ゲームを始める

わたしは何か忘れている
哀しいような可笑しいような
でも

忘れたままでいなければならない

ちいさな子がドアを叩く音がする
草の匂いのする赤いゆびをしゃぶり
むらさき色のしおれた花を
ドア横において

水路のほとりで溶けていく
　せらせらせら
流れる水音が草をよじる
笑い声がどこからか聴こえる

## 鉄橋

かだかだかだ
長い列車が鉄橋をわたっていく

川辺の黒い大きな木には
鳥たちが戻り
象牙色のまぶたを半目にし
白い房になってとまっている

列車の中では
幼い少年が窓をのぞき
手をふっている
青みがかった目を見ひらいて
どこへゆくかもわからず
ガラスにかおを押しあてている

川のほとりで
子どもたちは手をふる
もの言わぬ幼子も母にだかれ手をふる
かだかだかだ
列車はゆれながら
灯の色をこぼしてゆく

川はくんと臭いを濃くしふるえている

柘榴色を溶かしこみ赤黒くなったよどみは
こきざみに波だつ

とおい昔わたしは
つかみようのない
夕日のようなにくしみを
たいせつに持っていた
持ったまま
空を見あげていた

わたしはしゃがみこみ
月見草の花をむしっている
中空から
舌のような月

## 夜の母

夜
台所の流しに母がいた
よわい蛍光灯の下でお釜を洗っている
こびりついたご飯つぶがふやけ
しだいに形を失っていく

戸棚の隅から
ごごっと物音
ふりむくと
黒い毛に全身おおわれた猫ほどの
大ねずみだった
母は驚きもせず
　家のものを食べてしまわれるだけの害よ
　ふくろに入れて叩いたらいいよ
いつのまにかジュートのふくろを手にし
わたしに手渡す
ジュートが掌《てのひら》に毛羽立ちささくれだつ

わたしは嫌と言うこともできず

息をひそめ物音をたてないように
　エイッ
ふくろを被せた
ふくろがもごもご動く
観念したのか生きものは鳴かない

　ふくろに入れたら叩いて叩いて
　スプレーの薬をかけて殺しなさい
　こうなったら早く死なせなさい

母はしずかに言った
わたしは叩いた
やわらかな感触を感じながら叩きつづけた
辺りが濡れるほど噴霧した

　保冷剤を入れて
　ゴミの収集日に出しなさい

母はこともなげに言う

ふくろはもごもご動く
叩くわたしはなぜだか涙が出てきて
止まらなくなり
しゃくりあげ嗚咽した

しんとしている
ふくろは動かない
ひとの形に大きく平たくなっている

母がいない

## 水

母が二階にあがってゆく
母はふたりの姿になっている
着物を着ている元気な母
病んで腰がまがり目も視えない母
着物の母も老いていて後ろ姿のお太鼓がゆがみ

羽織ではなく着物の上に着物をかさねている
赤紫の地に水仙柄の銘仙に
おおきな亀甲柄の濃緑の薩摩大島を
さむいからだろうか
病者の母は白い病衣を着ている

着物の母が病者の母をかばい
人目をしのぶように足音をたてず階段をあがる
身体と気持ちが分かれてふたりになったのだろう
背中だけのひとになってしまった母
ふたりの顔は同じはず
今声をかけてはいけない
ひとりに戻れないかもしれない
二階に病室があるようだ
しばらくしてわたしは

何の音もしないので二階にあがった
廊下の片側に部屋が並び突き当たりには炊事場がある
壁には窓があり薄青い空が見えた

白い雲がゆっくりと動いていた
だれもいないように静かだ
階段から一番手前の引き戸をゆっくりと開けた
家具のない畳のひろい部屋
やわらかな白い布団が一組延べられていた
眠るときはひとりになるのだろう母は
いない
　そこはのぞいてはいけません

いつのまにか黒いワンピースを着た中年の女性がいる
　今はおられませんよ
灰色の髪をしエプロンをかけていた
言われることを守らなければもう逢えない
母はどこへいったのだろう
奥の炊事場かもしれない
ちろちろ水音がする
遠く知らない水が流れているようだ

# 風の夜

目のまえの皿も茶碗もみえなくなった
停電なのか明かりがきえた

戸だなのいちばん上の引き出しが開けられたようだ
カシュッカシャッ　マッチをする音
母だろう
硫黄の匂いがし火が点けられる
おやゆびほどの炎がみえた

わたしはかまぼこ板にロウソクをかたむけ
芯のまわりのとろりと溶けたロウを
板のまん中に一てき二てきとたらす
ロウソクの底をまわしながらすばやく立たせる

炎の先が長くのび天じょうをさしている
ちいさなぼんやりした光のわ
黒いふしが小動物の目になっている

風もないはずなのに炎がゆうらり玉になりゆらめく
ほそい先たんがゆき先をさがすようにゆれる

だまっていた
黄ばんだ割烹前掛けの上に荒れた手をのせていた
　ごはんを食べましょう
わたしがいうとイヤイヤというふうにくびをふった
ロウソクのせいか琥珀の目をしている
ごはんもおつゆも冷めてきた

天じょうの光のわが淡く大きくなってくる
ほら穴が奥に広がっているようだ
わわんわわん大ぜいのひとの声
　風なのかしらね
わたしがいうとまたくびをふり

光のうしろにやわらかに隠れていったのかみえない
炎があかい
たくさんの夜が大きくなっている

ロウが滴りすべりおちてゆく

## 機織

夕べ母は機を織っている
のぞいたら紺青がこぼれていた

いちめんの海
ほの白い波
やわらかく織りだされている

うまれたてのものは吸いよせる
つめたい銀の魚がはねる

母は碧の目をしていた
　うたを歌いましょう
へりでつぶやくようにひくく歌う
月のひかりがそそいでいる

いつのまにか糸屋のねえさんが
岩陰から身をくねらせ海に入っている
ほそいからだをゆらゆらさせ手をふる
太刀魚になってゆく

母はちいさな舟のようなものを手にしている
　当たったら
　笑いながら死んでしまうのよ

ぎいっぎいっと舟音をさせた
波がほろほろと放たれ
たんわりとぬれてひかり
やわらかにゆびをほぐす

のどもとから紺青にそまってゆく
笑いながら死んでいったものたちが
底に折りかさなっている

# 小舟の女

船頭が櫓を漕ぐたび女は唇を引き結ぶ
陸《おか》には帰るところはない
暗い緑が揺れ底知れない深さが怖い
揺れるに身をまかせるしかない
ほかの女たちも似たり寄ったりだろう
口を利かなくてもわかる

一人がタバコを吸い始めたら皆も吸い始める
武器のように口に咥え目は海原を見つめる
行き先を見据え膝をそろえ風に袖をなぶらせ背を伸ばす
煙を吸い込み胸に少し溜め思い切りよく空へと吐く
びゅんびゅん風になぶられる
髪の毛先がつんつん肌を刺す

島に着いたら置屋に挨拶し
日暮れ近くになると
一人ずつ小舟で沖に停泊の馴染みの船に向かう

白いブラウスにタイトスカート
パーマをかけた短めの髪
夕日の明るい闇
凪いだ海
笑みを作りながら乗る
置屋のおばさんが手を振る
ちいさな頭に白髪が増えたようだ
小舟に一人乗り　姫の仕草で鷹揚にかるく頷く
大きく息を吸い込み悲しまないように腹に力を入れる
今夜は救命胴衣を枕にし揺れながら眠れぬ夜を過ごす
何処へともなく曳かれる夜の波
大きな波がかぶさり
しぶきが散って砕ける
墜ちていく真っ逆さまに

あれから五十年
穏やかに晴れた日
ホームへ中年の女が訪ねて来た
クッキー缶を持って挨拶に

缶の表にはポンパドールの伯爵夫人の横顔の絵
　お話をお伺いしたいと思いまして
白いきゃしゃな手には綺麗な青い石の指輪が光る
広げるノートには几帳面な字
屈託なく微笑み小舟のことを問う

　仕事はじぶんからしていたんだよ
へこんだ白い枕に目を落とし萎えた声でぼそぼそ応えて
　いたが

突然なぜだか救命胴衣を思い出した
　カエレ　カエレ
肩をいからせて叫んだ
じぶんの声ではない錆びた声が出る
クッキー缶をドアに投げた
思ったほど音はしなかった
大声で笑う
渦が巻く
笑い声がしぶきになって頬を打ってゆく

## 渦巻くもの

黒い綿布で巻かれたコードがやわらかくくねる
にぎるとほの温かく熱を求め手ゆびにからむ

窓の外は日暮れて
夜まで束の間海の色になる
一つまた一つ船の明かりのように灯が点き
わたしも白い笠の下の白熱球をともす
あてどない海原を旅することをふいに思う

テーブルの上に電熱器をのせる
ちいさな下駄の歯の形の二つの金属片のプラグ
壁のコンセントに合わせ少し差しこみ
もう一度ふかく差しこむ
ぐぐぐ板壁が震え手に流れるものの感触
ぶーんぶーん
虫の翅音よりもゆるやかな低く舞う音

つめたく黒渦を巻いているニクロム線は
炭色からあずき色へと変わり
赤みを帯びながら
だんだん透き通ってゆく
見つめられるのを待っている熱
隠し持つ血かもしれない

フライパンをのせ脂を引く
　セポイの乱
突然口から出た
もの悲しい響き
ニクロム線がラララと燃える

滅びあうものたちは感応しあう
渦巻くものは火傷させるだろう
熱の向こうからわたしへと触れてくる
剝がした皮膚片のような脂染みが台に散らばる
透ける色から赤黒い傷跡の色になってゆく

外はひえてきたようだ

## 女湯

女たちは湯の中では互いに無言だ
柔らかなまるいからだを湯にしずめ
ため息のように過ぎた日を泡にして吐く

肉をふやしからだはふくらみゆらめく
うでは花のふとい茎　足は魚の尾ひれ
そよぎ薄い血の色の名づけられぬいのちになる

やさしげな生きものたちはだれも責めたり怒ったりしな
い
ほほを赤らめほほえみあい　しなやかな楕円になる
とろけながら広がり温もり何人ものわたしにふえてゆく
湯から樹木のように立ちあがり円のつなぎ目の淡いとこ
ろから

ほどけてゆく　はなれてゆく　すがたになってゆく

ぬれたままでは小女子《こうなご》や甘鯛になってしまう
かわいたら大急ぎでそれぞれの衣服をつける
だれも湯の中の顔はおぼえていない
みなつま先までピンク色に染まり髪をかきあげながら
世界をくるむ　ただ生温かな匂いをまいている

（『海と夜祭』二〇一一年思潮社刊）

詩集〈夜を叩く人〉から

## 天空の石

木は明るさに向かって伸び
石は記憶に遡り色を濃くする

きれぎれの風音がする
かすれた声が聴こえる
開けられない扉の中には
がらんどうの赤らんだ壁にそって
吐息が流れている

はじめから知らないものを見ても
むかし見たことがあって
忘れてしまっていたのではないかと思うのは
忘れないでといいながら
まっくらな狭い洞穴の中

石を負い伝い歩きしたひとたちが
気配となっているからだ

ゆるやかに石は古び
山はやわらかく広がる
わたしは生きている
生きているものと
生きたものとがひっそりと
ひかりの中をすれ違う
わたしの向こうで
そそがれている眼差しは
石を天空のものとして
空を明るませる

泣いたあと

夜中に目が覚めました
泣いたあとのような気がしました

部屋の中に何人かひとがいるようです
ひとりで眠っていたはずなのに
夜中に来たひとかもしれません
窓の外を見たら未明の暗さでした
みな眠っています
死びとのようなかおのひともいました

わたしは足音を立てないように歩きました
　ろうそくをください
ちいさな声がします
かおは見えないのですが　しらない子どものようでした
　ろうそくがいるのです
引き出しから出して渡しました
子どもはマッチを擦り火を点けました
少しも明るくなりません
　どうしたのかしら
　マッチを貸してちょうだい
わたしが火を点けました
一しゅん明るくなったような気がしましたが

やはり暗いままです
子どもはろうそくを黙って見つめています

夜の中に夜があり
目を覚ましているのはわたしと子どもだけかもしれませ
ん
子どもがわたしの方を向きつぶやきました
　あなたも眠っているんですよ
　だから暗くて見えないんですよ
　こんなに明るいのに
一しゅんあかあかとした灯が見えた気がしましたが
やはり暗く泣いたあとのような気がしました

窓辺から
遠い鐘の音が聴こえてきます
　ここにいるのです
わたしはだれかに会いたいような気がして
ちいさな声をだしていました

## 夜を叩く人

夜更けにドアを叩く人がいます
　ばむ　ばむ　ばむ
チャイムが壊れているからです
ドアのガラス越しに宅配便の人の姿が見えました
　夜遅くなって申し訳ありません
ちいさな包みの上にサインをしていたら
配達の人のうしろに
黒い服を着た男がふたり立っているのが見えました
配達の人は黒い服の男を入らせないように
ひじを張りからだでドアのすきまをふさいでくれます
それなのに
先の尖った黒い靴が生きもののように入ろうとするので
す

夜の冷たい風が吹きます
わたしはからだがふるえてきました

黒い服の男に何かいわれたら
いいなりになるような気がしたのです

配達の人に
　ありがとう　といいながら
押入られないようにドアを閉めようとしますが
黒い服の男たちは足くびから入ってきます
ひとりは年配のがっちりした男
もうひとりは細く若い男
　話を聴いてあげたらいいんじゃないの
わたしのうしろにいつのまにか
女の人が立っています
老いた母のような気がしました
わたしは身動きできなくなって
ただくびを振っているだけでした

配達の人は何もなかったように
では　と車に戻っていきました

黒い服の男たちも行ったようでした
付いてまた別の家へ行くのでしょうか
それとも

影になって部屋にいるのでしょうか
わたしは怖くてたまらず叫びました
　わたしはここにいられるのでしょうか
母はあきれたふうにわたしを見
もう寝るようにと視線をおくり
ふいに頷くようなしぐさで影を残し
隅に隠れてしまいました

遠く夜を叩いている音が聴こえてきます
　とむ　とむ　とむ
生きているから恐ろしい
静かな風が吹いています

## 夜を歩く

夜を歩く
雲が巨大な葡萄になって広がり
異国の硬貨の月が上っていた
電信柱の後ろにだれかいるようだ
足場ボルトが震えている
空へ向かう柱の先が葡萄を突く

遠い村で犬が吠えている
いなくなったものたちが火を囲み始める
ゆび先を囓られる痛み
ちいさな秒針が空から降ってきた
かつての樹木は幹を烈しく揺らす

月白のひかりがこぼれ
電信柱の根もとには
悔恨というふうに白い雪輪が滲む

## 草道

草道を歩き
墓参りをする
炎天の熱を保った墓石は
生きているものよりも熱い
水をかけて冷ましている
と
ちいさな
わたしの拇ほどの雨蛙
だれなのかしら
水の匂い

真昼の空はひろがり
ひろがりの中に
見えなくなったひとが
大勢いるような気がして
　おーい
声にだしてみる

置き去りにされた笛が
澄んだ音色で鳴りはじめ
空がふかくなる

悲喜をなじませた
白い月が
割れそうだ

## 恒雄

戦死した弟のことを父は悔やんでいる
　何もしてやれなかった
　わしが死ねば
　恒雄のことを
　憶えているひともいなくなる
わたしは戦死した叔父の名が
恒雄という名であることしか知らない

わたしの生まれる前に亡くなった
二十四歳二カ月三日で
ニューギニアで死んだ
戦死の公報には
「腹部貫通銃創ニ因リ戦死セラル」

叔父は結婚していなかったので
子どもはいない
遺骨はない
三軒長屋の借家に生まれ
借家は空襲で焼けたので
一枚の写真があるきりだ
背広姿の眼鏡を掛けた出征前の顔写真
エンジニアで
飛行機を作る会社に
勤めていたときに召集された
エンジニアは花形で最先端だったけれど
召集されてしまえば
任地で死ぬこともある

半世紀を遙かに過ぎた今
叔父のことは最早だれも知らない
大勢の戦死者の中の一人
死者という名で括られる一人
忘れられる死者の一人

がっくりとくびを垂れた向日葵が
夥しい黒眼で見つめている
折れた一本の釘が道ばたにある
悲しみは育てていかなければ
世界は悲しくならない
ふらふら歩きながらわたしは
さんざめく夏の光の中に
ちいさな眼の形の翳が
幾つも漂っているのを見る

七十年ほども前に
戦死したひとのことを
悔やむひとがいるのに

今戦死するひとは
瓦礫を血に染め砂地に滲み込ませ
青空を見つめたまま撃たれ
やがて夕焼けを額縁にし
そのひとのことを
憶えているひとがいなくなる
そのひとの幼かった家族は
いつか謎のように
金色の髑髏の雲が輝くのを
見るのだろうか

電柱から鴉の声がする
惨劇を目撃したような濁音で哭く
わたしは叔父の名前を呼んでみる

## 海の雪

枯れ枯れとした木の枝に

声がかかっている
あ丶丶丶
え丶丶丶
声を伸ばして
弦になった月
暗い空

声はわたしの枕元に立つ
　ゆかなければなりません
背に負いながら
うらの戸を開け通りに出る

雪が降り積もっていた
連れの女のひとが二人いて
歩くようにうながす
　雪が足袋に染みてくると
　凍みるから素足の方がいい
わたしたちは平たい足を
小鳥のように動かす

角を曲がれば
丸窓に明かりが灯り
先には浜が広がる
暗い海に雪が吸い込まれていた
　女の一生は
　子を産んでも子を持たずとも
　死んでしまえば
　海の雪
わたしたちは歌をうたう
微熱の家家の樋にからみ
銀紙にくるまれた魂が
紅のひかりを見せる

門付けをし
お米やお金を押し戴き
山野辺を行き
手は細い草になってしなだれ
草叢になって風のままうたう

りりりりり

わたしのくちびるに
針のつめたさ
今朝
ガラスびんの中の
ひろった貝殻を
テーブルに広げたら
コツン
骨の音がして
はなればなれの二枚貝が合った

耳を澄ませば
透明になってふりつづく
とおい笛のようなちいさな声
生まれたてのつめたさは

わたしの足を火照らせる
ほのあかるい暗がりが広がる

みんな浅い地表にねむっているのよ

しずかな夜　名まえが水銀色に
とろり　溶けだして濡らしている

死んではいないわ　ねむっているだけ
やわらかいからだになって
ダンスをしているのよ
水晶のくび飾りがゆれているでしょ

川のあたりで燃えている眼がある
つぶらな瑠璃
しんしん立って集っている

寒くてきもちがいいわ
バックステップがじょうずでしょ

わたしは星ふる草むらに立つ
ふるえる傷んだ葉が美しい
かじられた耳のかたち

聴こえていますか
滲みていますか

天空を裂く鳥のような声
アキホー

墜ちることは高まること
かなしみは贈りもの
雫が球根形にふくらむ

## 白粉花

病室で女房がくるのを待っている。足音でわかる。陽の匂いのする洗い立ての下着を持って、ひたりひたり静かに歩いてくる。

おれは二十一のときに女房と所帯を持った。女房は十七。お互い戦争で親を亡くし親類のところで育ったもの同士だ。おれは中学を卒業して鉄工所に勤めた。鉄は生きものだ。扱いによってみな違うようになる。人生までも変える。ひとも同じようなものだ。親父さんに教えてもらった。おれには今でもよくわからない。ただ鉄も女房もおれを写す鏡のようなものだと思っている。

女房は商家の下働きをしていた。寒い朝も化粧気のない顔で格子戸を赤い手で水拭きしていた。道すがら、ごくろうさんだねと言ったのが始まりだった。川べりのちいさなアパートが新居だった。夏になると川ばたに白粉花が咲いた。白粉花は夕方ひらき夜まで咲く。よい匂いがする。おれは自転車で白粉花の匂いがしてくると家へ帰りついたと思った。

女房は白粉花を摘んでガラスコップに入れた。
あまりきれいじゃないな。
川べりで咲いているのが似合うんじゃないか。
おれが言うと、女房はほらと爪先を見せた。紅く染まっていた。
白粉花で染まったのよ。
紅い爪先をひらひらさせて夕日にかざした。
子どもみたいだな。
言おうとして呑みこみ、ほほ笑み合った。

六十年経った。ちいさな工場を経営している。今でも大変だが、これまでどうやって生き抜いてこられたのか、ふしぎでたまらない。女房はおれが腰痛だと言ったので腰の病気だと思っている。だが実のところあと何回女房の顔が見られるのか、おれにもわからない。

おれはいっぱしの男だと思っていたが、今から考えるとほんの小僧だった。女房はねんねだった。幼い子どものする花遊びで喜んでいたのだ。白粉花のひらく夕暮れ、子どもじみたおれと女房がほの明るさの中、見つめ合っている姿だけがくっきりと浮かんでくる。

## 夜火《やか》

かなしみが夜に祀られている
かおはなく
くびの形をし
くねり
やわらかく溶けだし漆黒になっていく
夜の鏡台がかおを映す
後ろに火のようなものが見える
かおは子どものかおになっている
口を結び泣いてはいない
かおが長く伸びている
後ろに

閉じ込められているものも長長としている

失くした手袋の片方が電柱に提げられていた
手に嵌めると
尖った電柱の先は空を曇天にした
わたしがまちがっていたのだと思う

四角の低層アパートの窓はみな鏡だ
病んだひとが突然叫び声をあげ
交差の風が
ひらひらとリボンの切れ端を飛ばせた
砂浜の二枚貝が舌を出し
ひとがたの跡を舐めていく

鳶が急降下し
肉切れを嘴に挟んで
中空に上った

火を点けられた海が燃えていく
火影になつかしいひとびとが立っている

商店街の大時計がぐにゃりと平たく垂れ
大勢のひとが歌をうたっていた
オルガンを弾きながら歌うひとは
髪を風になぶらせている
わたしは声を合わせて歌うことが怖くて
口を開けてまねをした

わたしは思い出さなければならない
思い出さなければならないことだけがわかる
夜をめくりながら
悲鳴にも似た高い歌声が渡っていく

## 夜を走る子

夜を泣き喚きながら走る子らがいる

赤い口の中にはぶよぶよとした膿
爪先でコンクリートを蹴りながら走っている

わたしは台所の食器棚の前にいる
食器棚と壁のわずかな隙間からも聴こえる

覗くと絶壁になっていた
走っていた子なのか子どものかおが見える
死にかけている

怖いかおをしていたが
笑うようなほほをしている
どうして笑うのだろう
訝ると
　おまえのかおが笑っているからだ

引き出しから声がした
わたしは板の間に仰向けに寝た
背中の骨の突起がぐりぐりする

海緑の薬のにおいがする
死びとが近くにいるのだ

わたしが殺したのかもしれない
近所の畑に埋めたのだろうか
昼間畑に行ったとき
ドアほどの面積の土が腐ったようにぬかるんでいた

子らが畑の周りをぐるぐる歩いている
ラジオ体操のように手足をふっている
けおけお泣くような声を出している

さみだれ

ドアをあけることはできません
前の道にお面をつけた子どもたちがいて
　けとけとけと
泣くのです

声がなまなましくてわたしは耳をふさぎます
子どもたちはわたしを見てもしらんかおです
でもしっているのです
わたしが怖れていることを
だからわざとさわぐのです

さつきの雨の日でした
雲におおわれ肌さむい日でした
きょうは子どもたちは外にいませんでした
わたしは外で雨にぬれてみました
額から鼻そして顎
ひんやりした水化粧のように
　ぴとぴと
くちびるをほの甘くぬらします
ゆびがやわらかくなりました

水をあつめて
りんかくを溶かそうとしているのでしょう
子どもたちがいないのは
お面が溶けてしまったからかもしれません
ちいさな石が雨にまざっています
わたしのほほを傷めます
風景もこまかく砕くのです
ぬるまる家家も青灰色になります

　あたんあたん
雨がふっています
どこからか子どもたちの声
骨がきしみ伸びているのでしょう
消えてしまったものたちが
みどりになって生まれてきます
柩をぬらすような明るさで
雨がふります

## 手をつないで

ゆるやかに丘を登るものたち

みぞはぎ　つりがねりんどう
すすき　とらのおじそ
ほととぎす　るこうそう
ちいさな影たちが
あとにつづいてゆれている

人買いが来た日
村には女の子ばかり集められた
羊を追うような声
　ほらほうらほら
背中から聴こえてくる

もう帰れないことは知っている
斜面の木立ちの中の
土まんじゅうを見てうらやましくなった
　はやり病で死んでいたら
　家のそばにずっといられるのに

風にゆれる草

のかんぞうになって畑の片隅にいたい

透きとおった風が
金属のつめたさでわたしのほほを刺す
滲む液のようなものがとろりとこぼれ
花のそばの
のどのかたちをした石ころを濡らす

影の中に墜ちていくものたち
手をつないでつゆくさが枯れている

## 電車と百合

線路脇に点点と生える
黒ずむ強靭な茎
鳥の脚ほどの細さ
戦場に立つ痩せた歩兵の姿
斜面に不規則に直立する

うなだれているものもあった
互い違いの手裏剣の葉をふるわせ
合掌するものもある
丈高いものは病む枕辺の
白衣のひとのように立つ
斜面の下の古い電信柱の陰にも一つ
さびしい古木になったものに寄り添う

みな何処からきたのかわからない
立ちつづけ黒ずみ朽ちる
地下の鱗茎は憤りのように膨らむ
夕暮れ
壊れそうなガラスの細管の
くびをそっとのばし
花の中へ光のたまをのみこむ

一度きりしか乗らない電車から
百合の群れに遇うのは
どうすることもできないことを思うときだ

古い屋敷の裏庭
ちいさな神社の境内の隅
車の行き交う道べり
ひとの棲む近くに
のっと立ちやがて枯れる
ひそやかに群れをなし生き延びてきたものは
長いかおをして笑うものたちのように
いつのまにか風景にとけこむ
古い夢の中にぼんやりする

風の断章からすべり墜ちる薫り
無数のひとたちが立っている
わたしもそのひとりだ
電車は警笛を鳴らした
わたしたちはいっせいに横を向く
地に平行に緑白色の花弁を六裂させる
剝落した空が青黴色をして美しい

## 朝顔

同じ朝に咲くものたちは
夜の暗闇とつめたさを共にする
漏斗の中の白が深い

おかあさん
おかあさん
たくさんのおかあさん
今でもかなしいですか
ちいさな隕石のような
種子が幾つもできました
硬くて黒くていびつです
土には還らないのですね

ひろがる花びらのふちが
こきざみに震える
破れやすい薄さ
生まれることはかなしいこと

水をほしがったまま
水を捧げるようにひらき
夕方までには
赤んぼうの手を丸めたかたちになる

雨で滲んだアスファルトに
雲はひろがり
路地の格子窓の朝顔は
長い髪を編む少女になる

## 白菜畑

訪ねる町はなかなか見つからず
風が吹きぬけ白菜畑が広がっていた
一つ一つくるまれた赤ん坊のような形
結球する内部を隠すように
葉先をちぢれさせ頭部まで覆う

畑の隅の銀杏のそばにお堂があった
中に何にんものひとがいる気配
信心してお祈りをしているのか
話し声もせず静かだ
日暮れて室内も暗くてよく見えない
　みな今夜はここで寝《やす》むのですよ
小声が聴こえた

わたしは隅で正座していたが
痺れて横座りに膝をくずした
爪先が粉吹くように寒い
真ん中にちいさな石油ストーブがあるきりだ
ストーブの周りもひとが囲んでいる
だれでも近くに寄られるようにか
あいだをゆるく空けている

薄もののTシャツや浴衣のひともいるが
寒そうではなくからだを伸ばしている
思い思いに横になっているひともいる

ウールのセーターのわたしは寒く震えているが
だれもわたしを見ない

居場所を決めて身動きしないひと
微動もしないで丸まった形になるひと
新聞紙に身をくるみ正座するひと
広がり隙なくいるから移動はしない

夜更け静寂の音だけが耳に響き
何だか恐ろしいような気がしてきた
座ったまま扉のほうへ腰をずらした

扉の近くに子どもがいた
口を結び無表情だ
洩れる月明かりに
わたしが微笑みかけると
淡い月影色をして
つんと立ちどこかへいった

お堂の中につめたい呼気がする
しーはしーは耳に迫る
ひと気のない町の
風音かもしれなかった
だれか放尿している
みんなしずかに太ってゆく

えにす

えにすは平屋の屋根ほどの高さだ
頂きから幾本も長くしだれる細い枝は
幹を山高帽の形で包みながら
下へ下へと伸び地表へ這っていく

夏には緑白色の蝶形の花が懐かしげに舞う
細長い卵形の葉は繁り陰が弾みながら広がる
幹の傍に立つと魂たちの気配がする
夏が終わると花は地に散敷き
乾いて巻貝の形になり風に運ばれていく

秋のある日
えにすを見上げていたら
しらない小柄な老人が来た
白髪は額で切り揃えられ
おだやかな丸い眼をしている
　この中で少し寝てもいいかな
わたしはくびを振った
　ここで寝ては風邪をひきます
それに　身が隠れてしまうからあぶないのです
老人はにっこりわらった
　じゃあ　座っているだけにするよ
手提げから敷物を出し中に座った
胡粉色のシャツにズボン
　ここにしばらくいます
繁る枝葉の陰からささやくような声

夕暮れどきになった

えにすは薄闇に包まれる
　ここにいます
中が仄かに明るい
いつのまにか一人だった筈が二人になっている
わたしを見ると手招きをした

わたしは枝垂れるものを除けて入ろうとするが
枝は剛直な鉄柵の固さになって入れない
近づいても遠景のようで中が見えない
吐息が霧になっている
声のようすからまた一人増えているようだ
しっているひとがいるような気がする
耳を澄ませる
歌をうたっているようにも聴こえる

声が絶え
音のないまま夕雲が紅朽葉になり
えにすの内に入っていく
わたしは突然
昔自死したひとの名を呼んでいた

＊えにす　槐《えんじゅ》の古名

## 夕下風

さみしいことばかりしたから
あおぎ見なくても大きな空が
まえに広がり
しろさばかりを見せている
死んでしまったものたちが
土をやわらかくするので
わたしはのめりながらあるく
みみのかたちをして風がうずまく

家家のあいだの
明かりのない道をいく
わたしを呼んでいるような

微かな水音
　ここは道ではありません
　なにもかも変わってしまいました
さみしいことばかりしてきたから
中空のように
町はふくらんだのだ

月割草がこめつぶほどの花を散らす
　その草はこの土地に根づきません
夕下風が這い
ひかりは花びらに沈む

にしにし
痛みがからだにまわるひとのいる
病室の窓から
独善のようにのびるヒマラヤスギ
くらい空が
ひとすじの朱を引きはじめる

百日草

煙色のアパートのモルタル壁を背にする
陽が壁の下を差しこみ
風が路地を抜けようとすると

造り花になる
かわいた細い花弁は埃をうすく載せ固くなっていく

赤紅色の長い匙形の花弁が重なり半球を拵える
ちいさな紡錘形の葉は対生し細い茎は直立する

地下には茶碗の欠片や犬の糞や食べかすや髪の毛
埋められた骨の上にいたいと思う
ささげるために
茎を伸ばし金のひかりを吸い
まばゆさを束ねふくらむ
紅を濃くする

壊されるアパート群は
空を鈍角に切り
黒緑色のカラスをとまらせる

デジカメを向け撮る長い髪の少女は
瀕死のような象牙のかおをしていたけれど
位置を凝視し哀しく思ってくれた

　哀しみって耳がそよぐことよね
ひとりごとを言う少女は
かおも忘れたひとをしのんでいる
退《ひ》いていくものは
モルタルの壁に沿うから
鮮やかな色を増す

## 春のかぎり

花のふるえが伝わると
川は流れはじめる
にくしみが濃くなる

花枝がのびるたび空はとおくなるけれど
くびすじが狙われる
怖くないというふうに
にび色の川は鉄橋をくぐり
にじりながら街へほそくしなっていく

高い建物の階段は上りつづけ
ときどき壁へにじんで消えている
とりのこされたひとびとは
忘れたように手くびを見せ
うんざりとあたまをふり電車の中でねむる
不仕合わせなよろこびに満ち

街に楽の音がし川は剛くなる
死んだえびを食べる
肉食のものは待ちぶせをする

母子草の密な小頭花がひろがる
透明になって面かげをまぎれさせ
昼の月をわたらせる

底には
ぢりぢり燃える炎
吸われていった眼

川柱のあたりに
風の息
わたしはゆるされはしない

## オルガン

オリーブ色の服を着たひとが
オルガンを弾いていました
夜の部屋です
青紫の大きな譜面台があります

近づいて見たら
四角な青空でした
花のように星が降っています
どこかで
生まれたひとがいるのです

（『夜を叩く人』二〇一五年思潮社刊）

詩集〈熾火をむなうちにしずめ〉から

## 見知らぬ町

きのう見知らぬ町を歩いた
ビルの北壁に馬の大腿骨
放熱している

兵隊さんの脚のような
強靱な筋力を見せ
うつくしく古び
わたしの路をよじり逸らせる

いなきに似た風が逆巻く
小学校の校舎の向こうから
錆びた階段を昇る蹄の音がする

## 野茨《のばら》

純白の五弁の花びらの枝を持つひとは
歌のようなものをうたいながら
亡くなったひとの名を書いた
板切れと一緒にひと枝を川へ流す

歌は川のうえにそっと差しだされ
さざ波のひかりに掬われ
ひかりながら川底へといく
あたたかな川のまるい石に
文字のような翳になり
未明に引き離される

ひらく花をさびしみながら
棘をそのままに
どこまでも川はせせらいでいく
からだを折ったままのひとたちも
川のなかでひかりのように透っている

わたしのなかにもひとの名があって
ゆび先をつめたくし
濡れたきれいな石をむなうちに落としこむ

川を見つめるようにわたしは
買ったばかりのにぶくひかる針に糸を通し
手くびを曲げ両の手の親ゆびを向きあわせ
逸れないようにまっすぐに運針をする

燃えさかる川は
葬列のようにしずかに
わたしのほうへと流れてくる
ほとりの野茨はむせるほど咲きこぼれ
爆撃音にゆれている

## 蠟梅

お屋敷の庭先でうつむいて
にぶい淡黄の花を咲かせている
寒さのなか薫り高い
わたしは近くに寄り匂いを嗅いだ
雪ひらのような
透きとおるひかりのなか
死を超えて
やわらかな陰りになっている

ひとびとが
門口から
ぬかった路のほうへと
流れている

## 風をじゃらす

鉄条網に囲まれた空地に
枯れたゑのころぐさの群れが

刷子《ぶらし》の穂をゆらし
よわい冬の陽をあび
ふくらんでいく

生きものはかんたんに
死んでしまう
　いのちを捨てるか
そういった男の声が
風をじゃらす

寒さに抗ったものたちの
うしろすがたが
ほそい茎のまま
砂色の葉身になっている
ちからをこめて抜けば
地から剝がれる
鳥の足ゆびの根が白い
家家はあたたかい血を流しながら

かしいで道なりにのびていく

ふるふる
生きものめいて息を吐く
ありふれた草の群れ
日を砕いた
いわぬいろ*を飛ばし
わたしの前にひろがる

*不言色。赤みがかった黄色。梔子で染めた色。

戦《そよ》ぐ

節ごとにのびる
うすく尖る葉
葉脈にガラス体
空を指し直立する

月のうつくしいころには
月色に染まる
風が吹けば
葉耳は白いフリルを厚くし
葉舌は粘膜のように葉鞘に巻きつく

針の葉先は女の眼を突き赤く傷める
女は貝殻に入れた軟膏の目薬をぬる
薬売りが
黒い大きなトランクを提げてきた日
女は箪笥の抽斗の奥をたしかめた
嫁入りのときのお金
　大丈夫です
　治ります
薬売りは郷里を思い出しながら唇をふるわせた

眼を突くものが
暮れなずむ空の下に広がり
剣になって戦ぐ

夕刻わたしが
野道ですれちがったのは
若い女
　こどもを残して死ねません
こどものかおをひそかに見ようとしているから
葉はいっそう明るい色になる

女たちはみな眼を突かれ
厨で火を仕舞いながら
熾火の呼吸をむなうちにしずめる
夜半
静かに止んでいく風を聴く

## 鉄道草

黄昏だった
火の色に染まった数千のうす刃の葉が空を裂き

風になびくたびわたしのほほを切る
急ぎ足になる

同じところに居つづけるものは速度がわからなくなる
切られたところはぬるりとあたたかい
傷むことにわたしは安堵する

サギが用水の濁った水に鉄箸の脚を入れわたしを見た
矢張りきれいな水が好きなのです
このまま歩いていても海には着かない

遮断機の前で衝動を抑える
鉄道草が群生する

鞆《とも》

妊婦の横たわるかたちの仙酔島
となりのちいさな島は皇后島

淡いうす水色の水平線は
しずかなうねりに　ひかりをこぼし
雨縞もようの絹布をひろげる
寄せる波はことばをもたないから
生まれたあとの哀しみを吐くように
かぎざきにあとを濃くする

ひるねから醒めたわたしは
タオルケットをにぎりしめ
なみだをこぼさず声をあげ泣いた
　どうして泣くのだろうね
母は呟きながら繕いものをつづけた
わたしはこぶしで眼をおさえ
涎掛けをゆらしいっそうはげしく喚いた

二十年ほど前
父と母を連れ鞆の観光鯛網船に乗った
先導の手舟というちいさな舟には

赤えりの白い小袖に緋ばかまの若い巫女
白い扇を掲げたまま
波に弄ばれ消えたり浮かんだり
遠く点になっていく

　こわい　こわい
母はつぶやき
父は身を乗りだした
　おお　あぶない
両親を喪い嫁いだ母
戦後復員した父
声は海にしずまっていく

ホテルのテラスから海を見る
空の向こうで笛がかすかに鳴っている
波のまにまにさざめくものがある
水底にいるものたち
海を畏れながら

ぬれてわたしのなかに棲むひとたち
息をぬるませ
わたしのゆびを長くする

## 磨屋町《とぎやちょう》

岡山駅を降り
柳川交差点ちかくの磨屋町を歩く
高いユリノキの街路樹は
はつ夏にはうす黄のちいさな花を咲かせた
わたしは生保ビルの一室で働いていた
夕暮れムクドリの黒い群れが空をおおった

ビル街のこのあたりは
むかし歓楽街だった
看板だけがのこされた料理屋
路地のほそ道の奥には
ちいさなあかい鳥居

小箱ほどの黒ずむ祠
手を合わせた影がのこる

大正三年　柳川筋に京都南座を模した
お城のような岡山劇場がつくられ
松井須磨子が来演した
五年ののち
須磨子は大正八年に自死した
抱月の後を追ったといわれた

死んではいけない
なつかしい日日を回想してはいけない
死なないように甘いものを口にしなければ

喫茶店で夫を亡くしたひとに会う
　早く死んでかわいそう
わたしたちは黙ってリンゴジュースをのんだ
わたしはそのひとのくびもとのネックレスを
そのひとはわたしのメノウのゆびわをほめた

ひとびとがゆきすぎる
舗道にくびをもがれたハトが
羽根だけになってあった
突としてタカに空襲されたのだ
ちぎられた声が
空の高いところで哭いている

## 弦月

堤で摘み草をしていると
　んく　んく　んく
自転車を立ち漕ぎしながら近づき
死にたがるひとの前髪を
うす緑に染めた
陽射しの明るい日

ひかりのこたちが

わたしのむねのうえでも遊びはじめ
からだがミルク色にほどけていく

宙返りする燕は全力で崖に向かう
逆さまの歓びに弦月が透ける

母は鯨の骨のヘラに力をこめ
布に線をひくように押していく
細いへこみが印になりひたいが汗ばむ
温い日だった
はげしくにくむものがあった

はなざかりのころだった
島と島の呼びあう声がさざ波になっている
わたしは息を殺していた

堤で死んだはずの少女が
プリーツスカートをひるがえして
シロツメクサのうえをあるき
そばに立つ
わたしたちはほほえみあった

## 持衰《じさい》

山の近くの道を歩く
煤色のセメント瓦の小家があった
痩せたお爺さんが庭の盆栽に如雨露で水遣りをしている
鉢の上からたっぷりと水を与えている
梅の古木のようだ
わたしが見ているのに気づいた
　ええ薫りじゃろう
　長寿梅といって四季咲くんじゃ
　年を経ると幹が荒々しく割れていくものじゃ
見ると幹はえぐられたように割れている
　これが見どころじゃ
　皮いち枚で生きるものよ
　ふふふふふ

颯と山から緑の波がおし寄せる
持衰とよばれたひとを思い出した
大海原をゆく舟の舳先に立ったひと
垢にまみれた白の衣をつけ
のびた髪を梳かず肉を食べず
喪中のように過ごしたひと
舟が無事着けば財宝が与えられ
難破しそうになれば
生贄として海に投げ入れられたひと
嵐のとき
ぬれそぼった袖をひろげ波を受け大声で叫んだ
　生きたいんじゃ

生きて帰ったものは村はずれに居を構え
女房こどもと田を耕ししずかに暮らした
庭に桃を植えた
夏には口の周りがかゆくなるまで食べた
梅も植えた

内部に腐れをおこしても毎年花実をつける
切り戻しをした新しい枝先に花をつける

空は晴れている
山なみの向こうの海は凪いで
遠く白波が見えるだろう
地表にはやわらかな草がそよぐ
生きなければならない
瀕死のひとの貌が緑葉になりそよぐ
舳先のひとの影が
きれいな樹になって列をなしている

## みどりの点点

真っ暗な夜中に
ひとりで目を醒ましていると
静けさがほそい草になって
しいんしいんとそよいでくる

こどものころ草むらにいると
怖くなったこともあったけれど
今　ああ生きていると
ほそながい息を吐く

いろいろな草がひかりを受けて
きらめきながら
侵入して占拠したり
毒でわたしを刺したり
ちいさな花を咲かせたり
じめんの下
意識をもつれさせ
どこかでつながり
水溶性の養分をわけあい
ぬるぬる死んでいって
また芽をだす

雨がふって季節がかわる

雨にぬれて街角で迷っていたとき
そのままわたしは
雨に溶けるしかなかったのだ
肩パットのある
コートの襟をたてたまま
微かな風にゆられ
ぬれそぼって
朝　わたしは地表の
ちいさなみどりの点点

（『熾火をむなうちにしずめ』二〇二〇年思潮社刊）

エッセイ

# 第一詩集まで

子どものころ、草花が好きだった。小学校の放課後のクラブ活動では、飼育栽培部に入っていた。学校の花壇に種から播いて、双葉が出、やがて花が咲くのが楽しみだった。冬になると枯れたものを片づけ土だけにした。

花はヒマワリ、ホウセンカ、ノコギリソウ、アスターなどどこでも咲いているものだった。何人か一緒に作業したと思うが、憶えていない。内気だった私はたぶん黙って土をいじり水を遣っていたと思う。ほかの子はウサギや小鳥の世話の方が好きだったのかもしれない。

初めて詩を書いたのは小学校二年の授業中だった。雨が降って草が濡れている詩を書いた。他愛ないものを先生に読まれてうれしかったことを憶えている。

小学校へ通う道の端に花を植えているおじいさんがいた。ヤグルマソウ、フウチョウソウ、スターチスなど少し背の高い草花が多かった。おじいさんは黙ってスコップを手にして草取りをしたり花がらを摘んだりしていた。

ある日、そのおじいさんが新聞の地域版に載った。無償で花を植え町をきれいにしている人として紹介されたのだった。私が小学校四年のころだっただろうか。「暇人とか変わり者とか言われることがあったが、見て喜んでくれる人がいてうれしい」というようなおじいさんの談話があった。

詩を書くようになった始まりには、草花が好きだったことがあるように思う。ちいさな似たような種がそれぞれ違う花をつけるふしぎ、じっと見ていると宇宙を見ているような気持ちになる。ずっと昔からの記憶を内包している。私のためにあると思える存在感がある。枯れたり腐ったりしてもさみしくない。励まされるような気がした。今でも時々植物の詩を書いている。

おじいさんが「暇人」とそしられるのも、詩人にいわれるのに似ている。詩を書いていると「暇なのね」といわれたものだった。

中学生になって詩を課題で書いたことがあった。中学二年の担任の小山凡夫先生、三年の担任の岩田洋三先生は二人とも国語科の先生で、私が文章や詩を書くことを励ましてくださった。一人で黙って本ばかり読んでいたからだろう。

小山凡夫先生は亡くなられてからシベリアに抑留された経験があったことを知った。強《こわ》い感じの先生だったが、意外にも谷崎潤一郎の耽美的な作品の魅力をいわれたのを憶えている。そして「自分の内心を周りの人は気づいていないと思っているかもしれないが、実はみな見透かされている」といわれたことが印象に残っている。のちに詩を書くとき思い出した。自分しか知らない世界を守ろうとして詩を書いているのかもしれないと。図書館でわからないままにヘッセやリルケの詩を読み、遠いはるかな地平へ連れていかれたのもこのころである。

高校生になると、一人で詩らしきものをノートに書いた。自分の気持ちを表現するのに、詩しか知らなかった。

学校帰り、児童会館の屋上で一人で絵を描いていた少年がいた。夕焼けの空の下でじっとたたずみ筆を執る姿を見て、絵を描くのがしんから好きなのだと思った。人には成育歴とか誰かの影響とか、そうしたことに無関係に心が欲するものがあるのだと思う。私はそれが書くことであり詩であった。自分自身を見つめて書きたいと思った。私の目で見たもの感じたものを私なりのことばで書くことによって、そのものが私にとって意味を持つものになった。私自身が意味あるものとして心が慰撫されるような気がした。

そのころ小学館から雑誌「女学生の友」が月刊で発行されていた。ジュニア小説が多く掲載されていた。買ったのは、付録に薄い文庫本サイズの詩の冊子があったときである。「愛の詩集」の号も「人生の詩集」の号もあったと思うが、今手許に残っているのは「愛の詩集」である。変色し茶褐色のホッチキス止めの表紙は外れそうになっている。

「だまして下さい　言葉やさしく」(永瀬清子)を読み、大人の切ない女の思いを感じた。その名は母校の中学校の校歌の作詞者であり、岡山県の著名な詩人として知っていたが、この詩に肉声を感じた。大手拓次の名もこの冊子で知った。

「愛の詩集」は昭和四十三年（一九六八）二月号の付録である。「少年の日」（佐藤春夫）のあとのカッコ書きを読んで驚いた。（石坂浩二さんが朗読する「女友シート」をおききください）とある。シートとはソノシート、ビニールなどで作られた柔らかいレコード盤である。聞いたのだろうが忘れてしまっている。私もその一人だが、当時は詩を愛読する少女たちがいかに多かったのだろうかと思う。

今と違い、女性は結婚して家庭に入ることが当然とされ、男尊女卑の中、自分で自分の道を切り拓くのは難しかった。名状しがたい哀しみのような感情が湧くことがあった。先を閉ざされた失意のような気持ちでもある。心を立ち上がらせることばを求めていた。

その高校時代、兄が三省堂から高校生向けの「学生通信」というタブロイド判の新聞を購読していた。私はそこに詩の投稿欄があるのを見つけ、投稿するようになった。

時々入選して掲載され、評を読むのが楽しみだった。そうして高校生のころ詩を書いていたのだが、それから次に詩を書き始めたのは四十代になってからだった。

空白があったが、再び詩を書き始めたある日、高校の同級生から「本に詩が載っているよ」といわれた。

二〇〇三年刊行『中・高校生と読みたい若い日の詩』（高文研）の中に高校三年のときの詩、「高校生通信」に掲載された「春」という詩が「高校生が作った詩」として掲載されていた。拙い詩であるが若さがあふれていた。

また、この文を書いているとき検索したのだが、「赤い羽根」という詩が『高校生の生活と証言』第2巻（太平出版、一九六八年）に入っていた。読む人がいるのだろうかと思っていたが、通りすがりの草花を見るように、どこかで読む人がいたということは驚きでもありうれしさでもあった。

詩を再び書き始めたが、直接のきっかけというのは岡山で詩を書く人たちと知り合ったことである。詩を心の奥で欲していたのだと思う。仕事、家庭、人間関係など大人になるとその中にいるだけで自分を見失いそうになった。私というものを取り戻さなければ、確かなものにしなければと焦りにも似た感情を持った。

誘われて一九九八年岡山の詩誌「火片」の同人となり、二〇〇六年に「どぅるかまら」の同人としても詩を書くようになった。多くの詩人と知り合い励ましや導きを頂いた。

あるとき、書店で「詩学」が目に止まり投稿するようになった。高校時代とは違い、詩とは何かと考えるようになったのだが、それは今も問いつづけていることである。

二年の投稿を経て「詩学新人」となり、次に「現代詩手帖」に投稿を始めた。幸いにも入選することができ、この投稿を経て二〇〇四年第一詩集『樹間』の刊行となった。

（2020.9.2）

## 九津見房子と石川三四郎

二〇二〇年八月に『九津見房子、声だけを残し』（みすず書房）と題して評伝を上梓した。

九津見房子は、日本初の女性社会主義団体赤瀾会を結成した一人であり、赤瀾会の名付け親でもある。多くの労働運動、婦人運動に参加した。治安維持法違反の初の女性検挙者として投獄され、その後ゾルゲ事件に連座し敗戦まで獄中にあった。戦後は何も語らず亡くなり、今では知る人は少ない。私は時代は下るが高校の後輩である。

何も語らなかったことを謎のように思い生涯をたどろうとしたが、文をほとんど残していないので晩年の牧瀬菊枝の聞き書き『九津見房子の暦』（思想の科学社）と長女大竹一燈子の『母と私』（築地書館）の二著に拠った。これらを何度も読み返したが、話されていないことがあるのではないかと思った。その一つに石川三四郎のことがある。

岡山高等女学校四年のとき、社会主義に関心を抱いていた房子は同郷の福田英子《ひでこ》を頼り岡山から上京する。途中山川均に会い同行した。明治三十九年(一九〇六)十二月、十六歳のときだった。

福田英子の家では明治四十年(一九〇七)一月の発行を目指して、婦人の独立を主張する雑誌「世界婦人」の準備に忙しくしていた。発刊には石川三四郎が協力していて、彼は英子の家の近くに住み、英子と恋愛関係にあった。当時英子は四十一歳、石川は三十歳である。房子は編集や雑用を手伝いながら社会主義にふれていく。

房子の朝の役目として、鉄瓶に湯を沸かし縁側で待つ英子のもとへ持っていくというのがあった。英子はもろ肌を脱ぎ、身体を拭き念入りに化粧をした。

それを聞き書きで話している。

「石川三四郎さんなんか、そのお化粧のまねをして「先生、またやってるか?」といっていました」

このことばに私は生々しさを感じた。「お化粧のまねをして」というのは英子と石川の関係をにおわせている。その様子を話す房子のことばから、私は房子自身に隠している感情があるのではと思った。

聞き書きは晩年に行われているが、老齢になってもその様子と石川のことばをはっきり記憶していることに驚きも感じた。

「そのころの福田さんと石川さんとの恋愛関係について、よく人に聞かれますが、まだ数えの十七で子どもですから、全然わかりませんね」

そういっているが、わかっていたのだと思う。石川は房子が山川均と一緒に上京したことを勘ぐった。房子も石川を意識するようになった。石川は十四歳年上で、すでに社会主義者として論を張っていた。彼へのあこがれがあったことは確かだろう。また石川は英子の子どもを自分の実家に預けていることなど房子に打ち明けている。

英子の家ではキリスト教社会主義の「新紀元」の会が開かれた。石川三四郎、安部磯雄などが中心で、その会の始まりには讃美歌を歌い、終わりには「社会主義の歌」(「富の鎖」ともいわれる)を歌った。房子は晩年もそれを諳んじていた。この歌は『石川三四郎著作集』第八巻（青土社）所収「自叙伝」にも全文記されている。石川も暗誦したのだろう。

「わたしの思想は、この歌でずっと通してきたと思います。わたしの思想の深いところにあるのはこれです。わたしの思想はこれを一歩も出ていないですよ」

歌詞の中の「わが身はつねに大道の　ソシアリズムに捧げつつ　励むは近き今日の業　望むは遠き世の光」（『暦』より）、そして「拓くに難きいばら道」を歩む、これが房子の生き方のように思う。

「福田さんのところへ行ったときから、わたしの生き方はきまったようなものですね。わたしはもともとクリスト教ですし、たえず何か求めるものがありましたね」

英子のお供をして、当時女性の政治活動を禁じた治安警察法第五条の撤廃の請願に行ったり、婦人雑誌記者倶楽部に出席したりするのだが、父内藤又雄が三月二十五日に死去したという知らせが入った。父と母は離婚しているので、一人娘の房子が葬儀に出なければならない。

帰郷する房子に英子はいった。

「いにしえは社会主義じゃったが、今はだめになった、といわれんようにして、つかあさい」

房子は
「と、最後にいったことばが頭に残っています」と話す。

娘の書いた『母と私』には
「と、房子にははなむけのことばを述べた」とある。

「いにしえ」とは、遠い過去である。英子はもう房子が社会主義に戻ることはないだろうという前提で話している。「つかあさい」は岡山弁で「してください」の敬語である。娘ほどの齢の房子に頼んでいるのだ。

娘の一燈子は、はなむけのことばと理解している。房子は心の裡を娘に話していないのではないかと思った。

房子は葬儀のため岡山に帰り、英子とはそののち一生を通じて会うことはなかった。『母と私』に「（房子は）この郷里の大先輩を再び訪れた様子はない」とある。

なぜだろうと考えていたら、『畸人　大正期の求道者たち』（鳥谷部陽之助著）に「（房子は）英子の若い燕石川三四郎のかかわりを疑われて追われる」の行を見つけた。

英子は房子に引導を渡したのだった。英子は恋愛関係にあった石川三四郎が若い房子に心移りするのではないかと恐れた。父の葬儀を表向きの理由として、追い出される形で房子は郷里に帰らされた。そして、そのことは娘にもいわなかったから「はなむけ」のことばだと誤解されたのである。

英子の「最後にいったことば」を房子は切なく受け取り、晩年になっても「頭に残って」いるのだ。

その気持ちを死ぬまで秘した。いえば世話になった英子の名を汚すことになると思ったのだ。石川三四郎との仲も疑われたくなかった。生き方や思想として彼の影響を受けたことは理解されないと考えたのだ。

英子にしても頼ってきた同郷の少女に嫉妬して追い返すことに自己嫌悪もしたことだろう。だが、恋の火はどうすることもできない。

石川はその後、英子の見送りを受け、ヨーロッパへ発つ。独自の思想をもち、信じる道を歩んだ。

房子は十年後再び上京し社会主義へと近づく。そして、労働運動、婦人運動、非合法の政治活動に加わる。それは主義というより心の願いに従って歩んだものである。

石川とは思想も生活もそれぞれ違う別の道を歩んだ。

私は、房子の生き方の芯のところに石川の影響があったと思う。だから、こう語ったのだ。

「福田さんのところへ行ったときから、わたしの生き方はきまったようなものですね」

石川三四郎が死の床にあったとき、若い日に訳した『哲人カーペンター』の序文を長女が読んで聞かせたという。徳富蘆花が「愚かなる石川君へ」というタイトルで寄せたもので、石川のことを「自流自儘の路を歩かずに居られぬ者」と書いている。石川はそれを聞き、涙したという。

九津見房子は晩年「私はへたに歩きました」といった。私は「へたに歩いた」とは「自流自儘の路を歩かずに居られぬ者」ということだと思う。そうして闘い、戦後は家族に尽くし「屈辱的」と誇られて生きた。

昭和三十一年（一九五六）十一月石川三四郎は亡くなった。房子はしのぶ会に参加し散会後、四谷見附で電車を待つ間、若かりしとき福田英子の家で石川たちと歌った「富の鎖」を小声で歌った。そして昭和五十五年（一九八〇）に八十九歳で亡くなった。

（2020.9.2）

# 詩人論・作品論

## 第五十回晩翠賞選評（抄）

栗津則雄

私が受賞作として斎藤恵子氏の『無月となのはな』を推したのは、そこには日常と土俗との、外に現われた表情と内に秘められた根源的なものとの、見えるものと見えないものとの、夢想と現状との、さまざまな離反や対立をはらみながらもいささかも抽象的にも観念的にもなることのない、濃密でみずみずしい結びつきが見られたからだ。この作者の歩みには、性急に前のめりになったところはない。あふれかえった観念や思考で身を硬ばらせたところもない。歩くと言うよりも、何かに身を委ねてでもいるかのようにごく自然に足を運ぶ。その一歩一歩を通じて彼女のものであると同時に、彼女を超えた存在のものでもあるような不思議な時間が流れる。ここかしこ、作品としての傷が眼につかぬわけではないが、この詩集がはらむ可能性はそんなことを超えて貴重なものなのである。（第五十回晩翠賞記念冊子、土井晩翠顕賞会）

## 岡井隆の現代詩入門（抄）

岡井隆

わたしは、この論考の書き方のかた苦しさがいやなので、昨夜寝《い》ねぎわに、こんなひとり言を言ったのである。「なんだ、茂吉つぁん、「祖母《おほば》」つうのはおばあさんじゃねえじゃねえすか。叔母さんだったたっつうじゃねえの」「うんだ、うんだ。ほんとは叔母さんよ。だけんども、おら小っせえときから、〈おほば〉〈おほば〉って呼んで来たんでな。つい祖母として歌っちまったのよ。すまねえな。といったって、それがなにがわりいのよ。」「いんや。別にわるかねえ。だまされた昔の読者の方が、しあわせかも知れねえ。あの一連は、架空の〈祖母《おほば》〉って人への挽歌仕立てでなけりぁ、ああはうまく、ふるさと賛歌にはならねえもんな。ただ、あとから生まれて来て、九十年もたってから、あくどい研究者どもによって叔母ひでだったたって明かされた読者としては、茂吉つぁんのそのころの心理的な窮状っていうかな。新婚まだ一年というのに奥さんも連れねえで、山形くんだりへ帰郷している心境っていうかな。医学研究（つまり学位をとるためだが）も行きづまってたしな。どうも『赤光』以後の歌も、もう一つぱっとしねえしな。要するに、おたくは、事があると、ふるさとちう穴ぐらへ短期隠遁するくせがあったってわけだ。叔母の死は一つのきっかけだったってわけさね。」

こんなひとり言をいいながら、寝てしまったのである。そして、枕の上で、斎藤恵子という人の『夕区』という、もらったばかりの詩集を読んだ。作者は、わたしのまったく知らない人である。帯文を、知人の高橋睦郎が書いているという、細いつながりだけだ。それと、住所が岡山市になっていることと、この詩集が第二詩集であることぐらいで、あとは想像のつかない存在である。だからこそ、わたしはいま、例として、この人の現代詩を読んでみようと思う。

この『夕区』には、死者を扱った詩も二つほどあるが、それは避けて、わたしの好きな詩を読んでみたい。

## 夕区

あたりは薄暗くなってきた
目をこらしても道の先が見えない
わたしは独り歩いている
あぶないけれど
じっとしていては
もっと危険な気がする
前へすすむ
薄闇は横じまになって濃くなり迫る

ここまでで、この詩は一段落である。ほんとはわたしたちはここでとまりはしない。一行の空白をこえて、次の節《せつ》（と呼んで置こう）へ読みすすむ。8行（今写した部分）、9行、8行、3行という全28行の短い詩であるから一気に読んでしまって、頭の中で考え続ける。これはなにを言おうとした詩なんだろうかと。だが、待て。やはり始めの8行をゆっくりと分析的に読もう。

「あたりは薄暗くなってきた／目をこらしても道の先が

見えない／わたしは独り歩いている」までで、短歌でいえば一首になる。そして「あぶないけれど」以下で、もう一首。〈じっとしてては危険な気がして前へすすむ薄闇が横じまになり濃くなり迫る〉という風に。

こんな風に短縮して定型らしいところへ入れるのが、短歌のやり方だ。「横じまになって濃くなり迫る」特に「横じま」が、ここでは修辞的に目立つところである。

ところで、わたしは、「夕区」を読みながら、作者についてなにか情報らしいものを得ていないかといえば得ている。岡山に住んで第二詩集を出したばかりの女性、という表面的な理解でさえ、なかなか貴重な〈私性〉の部分を形作っているのだが、「夕区」の、最初の8行では、薄闇の中を「じっとしていては／もっと危険な気が」して独り歩きするような人物として、現出している。たとえば（以前、わたしが分析的に読んだことのある）蜂飼耳の詩に比べると、斎藤恵子のことばの操り出し方は、よほど素直である。一節から次節への渡り方も、散文的に明快であって、詩のもつ晦渋さがない（詩的晦渋の主たる理由は、比喩の晦渋さと、文体的なひねり方による）。

次の9行へ行こう。

犬が何匹か走ってきた
黒い猟犬だ
赤い舌をだし
細い脚をかくかく曲げ迫ってくる
鉄条網に囲まれた空き地があった
わたしは素手で押し上げた
思ったほど手は痛くなかった
空き地に入ってしゃがみじっとしていた
犬は向こうにいった

「犬」が出てくるとは思わなかった、といった意外性はあるが、この「犬」は、薄闇のなかを独り歩きしている作中主体（「わたし」）に迫ってくる。飼犬を伴っていない、数匹の黒い「猟犬」である。「わたし」は、猟の対象にされている。さきの8行で「横じまになって」云々のところが修辞的だったように、ここでは「細い脚をかくかく曲げ」の「かくかく」（オノマトペ）が修辞性が高い。もう一つ、「わたしは素手で押し上げた」という行為のうち、なにを押し上げたのかを省略したところも修辞的である。そういう修辞性の高い部分をときどき混在させることによって、散文性の味気なさを取り払っている。次へ進もう。

犬でなかったかもしれないと思う
わたしは鉄条網から出た
明かりのない夜だった
道の先で
青い少女がスカートをひるがえしていた
階上にいるときのように
かなたを見る目をしていた

海が近くにあるのだと思った

やがて
わたしは
海への坂をのぼるのだ

ここで詩は終る。あらためて「夕区」という造語的なタイトルはなんだったのか考えてしまう。朝区。昼区。夕区。そして夜区。この「区」というのは、東京でいえば足立区とか港区とか中央区とかいった「区」分を、時間についてあてはめてみたようなものだろうか。はじめに「目をこらしても道の先が見えない」と言って置きながら、あとでは「道の先で／青い少女がスカートをひるがえしていた」と矛盾したことを言うが、どちらも本当なのだろう。「明かりのない夜」へと時間は推移し、「犬」たちから逃れることができた「わたし」はあれは「犬でなかったかもしれない」と思いはじめたりして、「青い少女」の幻影を闇の中で見定めようとする。その少女の「目」から近くにある「海」を予感するのだ。そしてその「海への坂」を「やがて」「のぼるのだ」と心で決める。心で決めるが、まだのぼりはしないところで詩は終る。途切れるように終り、読者は、海の近くの闇の中に置きざりにされてしまう。

＊

「夕区」は、古来、詩歌人が歌い続けて来た〈夕ぐれ〉の詩の伝統につながっている。「夕ぐれ」とはなにかという問いに対する一つの答えである。しかし、百年経っても「夕区」は作者の私的閲歴などとは、なんの関係もなく、独立した作品として読まれるだろう。その点が、短歌の定型による締めつけと、短かさによる不利とはちがっている。〈私性〉なんて、いらないのである。これだけの長さの、多行詩（自由詩）としては短い詩でありながら、一首一首で一応完結した短歌を、連作によってつなげて行くのとは全く違う、のびのびとした自由さがある。その代り、作者の私的閲《えつ》歴がらみの、私小説風の読み方からは遠いのである。どろどろと、作品にまつわりついて来る〈私性〉のぬめりある滴りが好きな人には、いささか淡白にみえるかも知れない。

（『岡井隆の現代詩入門』思潮社、二〇〇六年）

## 風土と幼児　『海と夜祭』書評

粕谷栄市

斎藤恵子の詩集『海と夜祭』の二十一篇の詩のもたらす不思議な経験を、どう言ったらよいだろう。単純に、私たちの夢の世界のできごとを書いたものと言ってよいだろうか。

確かに、そう言ってすますこともできる。しかし、これらの詩篇には、それだけではない、私たちが生きてきた日々にもとづく記憶の濃密なリアリティがある。

これまでの日常の約束ごとを、全て、ばらばらにして、自分の体温の官能で知ることのできる現実のなかで過ごすこと。

それは、私たちの誰もが持つ遠い時間、自分が、幼児であったときに遡って、もう一度、実際に、その場で生きることであるかもしれない。懐かしい、それでいて、新らしい世界が、無辺際に、展がっているのだから。

そこでは、私たちは、どこか、よるべなく、不安なまま、自分のいのちだけで存在しなければならない。『海と夜祭』の二十一篇の詩篇は、一篇ずつが、詩人のその未知の、しかし、既知の幻の日常への旅の見聞の記録である。

なぜ、私たちが、その旅へ出発することになるのか。それを問うのは、なぜ、私たちが、夢を見ることになるのかを問うに等しい。

詩人は、その答を、詩行のなかに収めてしまっているので、一篇ずつの謎は、深まる。私たちは、自分のなかのはだかの幼児のからだとともに、何もかも、手さぐりの命名による風土で、初めての暦の暮らしを知るのである。

わたしは旅をする
わたしに出会うように
（「海の見える町」）

詩集の冒頭の一篇は、この第一連からはじまって、次の終連で結ばれる。

思い出は
遠い町にあるような気がして
海の見える町を旅する
波のかなたに
わたしを隠しているかもしれない

「海の見える町」は、詩人自身の立てたこの詩集の優しい案内図である。だが、「波のかなたに隠れているわたし」を探る、その後の作品の現実は、大げさに言えば、一行ごとに、驚愕と戦慄をはらむものである。

髑髏が金色になる
久遠を思いながら
深い呼吸をする
（「雪」）

気がつくと、謎に満ちた風土に在るさまざまないのち。花々や鳥や魚やこどもや大人。彼らが交差する、さまざまな季節の物語。

成熟した詩人が、丹念に綴った詩篇に、気難しい読者は、ことばとイメージの放恣を言うかもしれない。だが、たとえば、闇に浮かぶ「母」の文字のある数篇の深い美しさは、彼を沈黙させるしかないのである。

(「現代詩手帖」二〇一一年十二月号)

## 「ような気がして」(抄)　斎藤恵子の仕事　三浦雅士

斎藤恵子『無月となのはな』にもっとも強い感銘を受けた。問題はただひとつ、前作『夕区』を超えているかどうかだった。超えていないのではないかという怖れがあった。だとすれば、それほど『夕区』はすぐれた詩集だったのである、そう思うことにした。

たとえば、いまも鮮明に記憶に残っている『夕区』の「海鳴りの町」の冒頭、「海鳴りのする町だった／私は傾いだ家家の中／病院に入っているひとを／さがしている／ような気がして／暗い町を歩きまわっていた」は、『無月となのはな』の「無月」の冒頭、「目印の屏風岩のちかくに／ちいさな萱葺き屋根の家があった／わたしは今夜の宿になる家をたずねていた／板戸の節から明かりがこぼれている／こぶしでかるく叩いた／／戸を引き顔をのぞけたお爺さんは／綿のはみでた縞の半纏を着／落ち窪んだ目をしばたいてわたしを見た／形代《かたしろ》を舞わしんさるか／乾いた唇からつぶやくようにもらした」にそのまま続いている。

夢のような、と言ってもいい。疎隔感と言ってもいい。事物は照らし出されたそこだけがくっきりしているのに、全体は靄のなかに沈んでいる。むろん、詩や小説には珍しくもない。だが、なぜ、人を探しているのではない、探している「ような気がして」歩き回る情景がこれほどにも人を惹きつけるのか、惹きつける仕組みのその正体を炙り出すように、詩は書き進められているのだ。そのために靄のなかにいっそう深く入り込んでゆく。「手まねきされるまま内に入った／奥から火を焚く匂いがする」。この最終連の二行が、『夕区』との違いであると、言えば言える。人は、自分で自分の正体も分からぬまま、内に入っていくものなのだ、ろうか。けれど、これさえも主体的な行為などというものではない。

この疎隔感は、しかし、書くことの本質に根ざしているのではないか。探しているような気がして、というのは、書いているような気がして、と同じだ。実際には、何ものかによって書かされているその文字を読んでいるというのが、自分が書いているということの実態なのではないか。そういう問いが浮かんでくる。人は自分で自分の言葉を書けるのだろうか。そもそも言葉は他人のものではないのか。自分はただ沈殿した他人の言葉の破片を繋ぎ合わせているだけではないのか。いや、その繋ぎ合わせのなかから浮かび上がってくるものこそ自分というものではないのか。『夕区』から『無月となのはな』への展開の背後に、これらの問いが通奏低音のように流れている。

言語という現象は生命という現象の一部なのだろうか。いや、逆に、生命こそ言語現象の一部なのではないだろうか。これが、古来、神の名、神の次元とともに語られてきた問いだ。近代になって超越論的という名で語られるようになったが、違ったものではない。いずれにせよ、人間というものの仕組みの奇怪さに、意識はただ震撼させられ続けているのである。詩はそのまっただなかに位置しているのだ。

第一選考で落とされた目黒裕佳子の『二つの扉』が、この関連で、強く印象に残っている。冒頭の詩「雨」の

「からまってゐた首は次第につよく／からだをしめつけ、気も、／とほのく。／キリンがまたわらってゐるのが／ゴロゴロといふ首の様子でわかる。／雨が降ってきた。／もう、キリンとははなれられない、／そんな気がする。」

　いったい、「そんな気がする」とはどういうことなのか。『二つの扉』を貫いているものもまた疎隔感、自分は自分の主人ではないという疎隔感なのだが、しかし、『無月となのはな』がしっとりと暗いのに比べて、天気雨のように明るい。生きてゆくことになお新鮮な思いを抱けるほどに若いということか。最後の詩「駱駝」は、それこそ疎隔感を抱いたまま「手まねきされるまま内に入った」と同じことなのだが、歓びと笑いに満ちている。書くことがここではそのまま直接的な歓びなのだ。この差は一考に価する。

　詩人は知らずに問いを産み落とすが、読むものは意識して問いを孵さなければならない。

（第五十回晩翠賞記念冊子、土井晩翠顕彰会）

## 童女の微笑　『樹間』に寄せて

池井昌樹

　斎藤恵子さんの作品と初めて出会ったのは一昨年の「現代詩手帖」新人作品欄でだった。地方で生活しながらその身を取り巻く習俗を自らの言葉で偽りなく書き留める優等生という印象だった。その印象が私の中で一皮剝け、斎藤さんならではへと羽化するのは作品「排水管」を目にしてからだった。

「赤ん坊の泣く裏の家」や「夜中に帰るバイト学生のアパート」、「琴を奏でる老婦人のいるお屋敷」を土中で繫ぐ排水管、その中を渾然となりながらやがて海へと運ばれる一筋の水流。その作品には巨きな喪失の気配があった。そして、更に巨きな再生への祈りが。「落下の水面は一瞬黒い王冠になる」。その黒い王冠が、いま毟られた花弁の悲鳴のように微かに、しかし、何時までも私の胸で消えず残った。

　それからほどなく目にした作品「春の夕暮れ」には、

喪失や再生の延長線を匂わせる記述が何処にもないかわりに、得体の知れぬ一体感が漲《みなぎ》っていた。喪失や再生といった人為を超えた或る調和が満々と湛えられ、そして静かに迸《ほとばし》っていた。これは何なんだろう。私は感嘆し、感嘆のあまりそれ以降目にする作品への評価は激辛なものとなって行った。斎藤さんにしてみれば、さぞや口惜しい思いだったろう。しかし、その時から私は最早選者ではなく斎藤恵子の新詩篇を待ち受ける一人の貪欲な読者として、あらためてその存在と向き合っていたのだった。

此の度第一詩集『樹間』の校正刷りを待ち切れぬ思いで手にした瞬間、貪欲な期待が裏切られなかったことを先ず感じた。のみならず、集中未見の幾篇かには、「排水管」「春の夕暮れ」以来の興奮をまたしても味わわされた。「カナリア」「烏賊」「十三夜」「ガステーブル」「秘密基地」「洗顔」。それらの作品を私は何度か繰り返し読み、更に繰り返し読んだ。それらには読者へそのような反芻を強いる何処か優しい呪性があった。

りろりろと鳴くカナリア、りりかりりかりりかとすだく秋の虫の声に紛れ、「私」が哭くのか「赤ん坊」が哭くのか「亡くなった人々」が哭くのか、どの詩篇のどの行間からも微かな慟哭の気配がした。にも拘らず、それらは漸く母親の呼び声に振り向いた迷子のような、この上ない安堵をも私の胸に呼び覚ましたのだった。

「詩人とは誰も知らない何処かで独り慟哭しているようなものだ」。会田綱雄は生前一度私にそう洩らしたことがあったが、誰も知らないその何処かへそっと差し込むおおきな白い月の光——。

〈りりかりりかりりか／夜が鳴いている／羽を震わせ／らせんを描いている／しじまを運んでいる〃十三夜／後の月はいびつだ／子どもの描いたまる／煮くずれた豆／淡いひかり〃台所で／小さな月のかたちの栗をむく／時折／壁に頭を直角にして／泣きたくなる〃りりかりりか／私はゆがんだ月を／浅い水鉢に入れ／ゆらして遊んでいる〉(「十三夜」)

消え入らんばかりな優しさと、消え入らせまいとする魂の相克から迸る慟哭のような詩句。『樹間』に秘められた真の表題とは、月と赤ん坊、だったのではあるまいか。
詩は学ぶことではなく自らが生きてゆくこと――斎藤さんはそれを誰から教えられたわけでもなく身を以て知っている。この可憐な舟出は険しい生の日々をよそに美しい航跡を刻み続けるだろう。その一筋の虹はやがて多くの魂の深い恃《たの》みとなるだろう。それはわたくしたちのねがいである。だからこそ、斎藤恵子は今朝も出勤前の鏡に向かい、不敵にも「にいっと微笑」んで見せたりするのだ。あの不滅の、いちじく精の童女のように。

（『樹間』栞、思潮社、二〇〇四年）

## 夥しい黒眼　詩集『夜を叩く人』について

杉本真維子

表題作「夜を叩く人」では、配達人の後ろにいる黒い服を着た男たちが、玄関ドアから入ってこようとする。語り手の背後には、いないはずの母も立っている。この作品に限らず、斎藤恵子さんの詩には、そこにいないはずの人が現れ、具体的な動きや、しぐさを見せ、言葉も発する。

ほかの人の作品だったら、なぜ確信したように書けるのだろう、といぶかしむかもしれないが、そうはならない。斎藤さんの詩の根底には、「生きているから恐ろしい」というゆるぎない論理がある。その恐ろしさとは、生まれたことへの驚き、憤慨、よろこび、ともいえるものだ。ここにいる、ということに決して慣れることなく、驚きつづける目は、いつでもかがやくような恐怖に満ちている。

失くした手袋の片方が電柱に提げられていた
手に嵌めると
尖った電柱の先は空を曇天にした
わたしがまちがっていたのだと思う

（「夜火」部分）

たとえば、この詩は、参照すべき経験を持たない。つまり、見たまま、が書かれていて、私たちは、見ているにもかかわらず、「見たまま」を知らない、ということにも、気づかされる。すぐさま人間用フィルターを通して、了解という経験へと加工されていく物事の、少し手前の光景。読むほどに、森の獣の肌にぶつかっている雨雪のような、いったんはふるい落した感情が、堂々と生きはじめる。

もう帰れないことは知っている
斜面の木立ちの中の
土まんじゅうを見てうらやましくなった
　はやり病で死んでいたら
家のそばにずっといられるのに

（「手をつないで」部分）

はやり病で死ぬ、ということが、長いあいだ探してきた答えのように感じられ、さらに、ひんやりとした土まんじゅうのふくらみと感触に、ふかく安堵した。この安堵は、私が知っていること、知らないこともぜんぶ、見通しているような「目」への信頼かもしれない。もう何百年も前に枯れた向日葵のようなすがたで、倒れもせず、目をひらきつづけているものが詩のなかにいる。

がっくりとくびを垂れた向日葵が
夥しい黒眼で見つめている
折れた一本の釘が道ばたにある
悲しみは育てていかなければ
世界は悲しくならない
ふらふら歩きながらわたしは
さんざめく夏の光の中に
ちいさな眼の形の翳が
幾つも漂っているのを見る

（「恒雄」部分）

「恒雄」とは戦死した叔父の名で、これを読むと、記憶の糸がひっぱられる。私は季節はずれの秋の富良野でラベンダー畑を見たことを思い出した。隅のほうに自分の背丈ほどの首を垂れたひまわりが集団をつくっていた。いろいろな話をしながら、写真をとったな、愉しかったな、と振りかえったあと、一人だった、と気がついた。誰と話したか。思い出された旅の光景のなかの「わたし」に、一人以上の幅がある。場面が切り替わるたびに、その幅がまとまった風をおこして動く。この風のことをなんと呼ぶのか。

こういう戸惑いのことは、口にだすとむなしい。たしかに見えない誰かとともにいた、と散文で書いても、喋っても、「いた」ことにならないから、胸中のさいごの砦のように、詩が要請される。斎藤恵子さんは、この風を名づける仕事をしているのだ、と思う。

私は、富良野での記憶のすがたによろこんだが、この想起の経験を放ってしまっても構わないと思った。誰にも話さなくても、捨ててしまっても、だいじょうぶ。斎藤さんが、書いているから。「とむ　とむ　とむ」――、音でも、跡を残していく。

（「ポスト戦後詩ノート」2号、二〇一六年九月）

現代詩文庫 247 斎藤恵子詩集

発行日・二〇二一年三月三十一日
著 者・斎藤恵子
発行者・小田啓之
発行所・株式会社思潮社
〒162-0842 東京都新宿区市谷砂土原町三―十五
電話〇三(五八〇五)七五〇一(営業)/〇三(三二六七)八一四一(編集)
印刷所・三報社印刷株式会社
製本所・三報社印刷株式会社
用 紙・王子エフテックス株式会社
ISBN978-4-7837-1025-7 C0392

# 現代詩文庫

新刊

201 蜂飼耳詩集
202 岸田将幸詩集
203 中尾太一詩集
204 日和聡子詩集
205 田原詩集
206 三角みづ紀詩集
207 尾花仙朔詩集
208 田中佐知詩集
209 続続・高橋睦郎詩集
210 続続・新川和江詩集
211 続・岩田宏詩集
212 江代充詩集
213 貞久秀紀詩集
214 中上哲夫詩集
215 三井葉子詩集
216 平岡敏夫詩集
217 森崎和江詩集
218 境節詩集
219 田中郁子詩集
220 鈴木ユリイカ詩集
221 國峰照子詩集
222 小笠原鳥類詩集
223 水田宗子詩集
224 続・高良留美子詩集
225 有馬敲詩集
226 國井克彦詩集
227 暮尾淳詩集
228 山口眞理子詩集
229 田野倉康一詩集
230 広瀬大志詩集
231 近藤洋太詩集
232 渡辺玄英詩集
233 米屋猛詩集
234 原田勇男詩集
235 齋藤恵美子詩集
236 続・財部鳥子詩集
237 中田敬二詩集
238 三井喬子詩集
239 たかとう匡子詩集
240 和合亮一詩集
241 続・和合亮一詩集
242 続続・荒川洋治詩集
243 新国誠一詩集
244 松下育男詩集
245 佐々木安美詩集
246 松岡政則詩集
247 斎藤恵子詩集
248 福井桂子詩集